森の石松、社長になる

角川文庫
23087

若松屋

柳地駅前商店街のアーケード入り口には古くからの布団専門店「若松屋」がある。駅を出て「柳地駅前」の信号を渡るとすぐの好立地なのだが、最近はそもそも駅前商店街自体が寂れていて、どうも商売繁盛とはいかないようだ。古びた店構えに似つかわしい年配の店主夫婦が、店の奥にいつも並んで座っている。それは、この古い街の平和を象徴する光景と言えた。

商店街では「若松屋」店主の評判は上々だ。知る人は誰もが、

「優しいおじいさん」

とその印象を語る。ふだん着ているものは人柄を表わす地味なもので、物腰も喋り方も至極柔らかい老人だ。

同年配の知り合いからは、

「マサさん」「マサちゃん」

という愛称で呼ばれ、その他の人からは、

「若松屋さん」

と屋号で呼ばれている。

毎年四月になると「若松屋さん」は朝夕「横断中」の黄色い小旗を持って交差点に立つ。ランドセルに黄色いカバーをつけた新入生の登下校を見守るのだ。そのため、言葉を交わしたことのない人にも「若松屋さん」の顔は知られ、特に子どもたちとその保護者には親しまれていた。

その店主が亡くなった。

最初は風邪をひいて寝込んでいるという話だったが、結局入院となり、肺炎と診断されてからはアッという間に進行したらしい。

通夜には、その人柄に相応（ふさわ）しく大勢が参列した。日頃故人と親しくしていた人々の中にも、

「故　石川正克（いしかわまさかつ）」

と記された斎場入り口の看板を見て、初めてフルネームを知った人が多かったようだ。

「なんだか、駅前商店街が一気に寂しくなるねえ」

「うん、何かと出しゃばるような人ではなかったけど、若松屋さんは商店街の顔だったよ」

斎場に集まった人々からはそんな声が聞かれていた。

あとは秀善寺住職の登場を待つばかりとなった頃、急に斎場の表が騒がしくなった。

「！」

黒塗りの高級車が次々とやってくる。主にベンツ、たまにレクサスもまじる。どれも他県ナンバーだ。

バム、バム、と高級車特有のドアの閉まる音がこだまする。降りてきたのは、体格のいい黒いスーツの男たちだった。

彼らが入ってくると、斎場の空気が一変した。男たちの顔に誰も見覚えはない様子で、地元の参列者たちは互いの顔を見合っている。

「どう見ても……」

「頭にヤがつく人だな？」

「シッ」

「みんなえらい貫禄やな」

「知った顔はおらんが」

「わしはあの人見た覚えがある」

「どこで？」

「どこでだっけ？……あ、そう、あの人は昔映画の中で見た」

「え？　何の映画？」

「題名は覚えとらんが、高倉健主演」

「それ、あの人と違うと思うぞ。似た人だろ、雰囲気の似た人」

「あの人も映画で見た」

「高倉健の映画か？」

「ううん、『仁義なき戦い』」

「危ない！　指さすな！」

　商店街の面々はそんなヒソヒソ話を交わしている。

　そこへ斎場の担当者の声がスピーカーから流れた。

『導師入場。皆様合掌でお迎えください』

　秀善寺の和尚が煌びやかな装束で静々と登場した。

　和尚は故石川正克よりは若いものの七十代後半で、剃髪していない頭は見事に真っ白だ。日頃おしゃべりなことで知られる和尚である。特に選挙の時期にはふだんの百倍元気になり、

「今回〇〇は組合の支持を得られなかったから厳しい選挙戦となろう」

「ありゃ、××の派閥に長かったから、今回は一蓮托生ぞ」

「△△は市長選に出るには一期遅かった。選挙参謀の判断ミスじゃな」

と政治談議でうるさい。その予想がまたよく当たる。日頃から飲み回って情報収集している成果であろう。

葬儀の場ではみな真面目につきあうが、街で出会えばまず冗談に終始する人物だ。つまり重々しさで尊敬を集めるタイプではなく、その明るく気さくな性格で好感を持たれている。

祭壇に向かって右側は親族席、左側は友人知人の席である。左側は地元の人々、右側はなぜか県外からの強面が占めている。

ふだんは見かけない真面目な表情で通路の真ん中を歩んできた和尚は、右側の席を占拠する硬派の雰囲気を察知したのか、左側にヨレてきた。

「和尚、頑張れ」

小さな声でその様子をからかうお調子者の頭を、隣の席の男が叩く。もう一人のお調子者がすぐそばに来た和尚の前に足を出し、それにつまずいた和尚は二、三歩、テテテッと走った。厳粛さなんてものは薬にしたくてもない光景だ。

「ククク」

左側席のくぐもった笑い声は、右側席からの鋭い視線を感知してすぐに収まる。

読経が始まった。

「?」

何となくいつもよりトーンが高い気がする。テンポは明らかに速い。わかりやすい。地元の人間には、早く終わらせたい、という和尚の気持ちが手に取るようだ。

焼香となった。

まず親族から。「若松屋」の老妻、娘夫婦とその子供たち、「普通の人々」はここまでだ。

続いて杖を片手に「親分」らしき人が立った。この人が「高倉健の映画で見た顔」だ。スッとすぐ後ろの席にいた人物が立ち、この「親分」の杖を持たない方の左腕を下から支えた。

「！」

この人物こそ、親族席の強面の中でも一際「それらしく」見える風貌をしている。身長はさほど高くないが、力士かレスラーのようながっしりとした体格。顔にはいくつか傷痕がある。左の瞼の上にも斜めに線が走り、その下の細い目が見えているものかは定かではない。

その男に支えられて「親分」は祭壇に進み、焼香を済ませて合掌した。泣いているのが震える背中でわかる。

「マサぁ～！……兄弟！」

感情をこめて呼びかける姿は、まさに映画のシーンを目にするようで感動的だ。その大きな声に驚いたのか怯えたのか、慟哭に合わせて読経中の和尚が二度腰を浮かせた。

「兄弟？」

この一言で、地元の人間にも事情が呑み込めてきた。

「若松屋さんはその筋の人だったか」

「あんな温厚だったのに？」

「マサさん、そんなこと言わなかったけど」

「俺、一度羽毛布団を値切り倒したことがあったなあ」

「それ、命が危なかったかも」

小さな早口で噂する。葬儀が終われば、しばらくこの話題で持ち切りになることは間違いない。

場所を斎場二階の大広間に移し、精進落としの料理と飲み物が出された。県外からの強面集団と地元の衆は距離を取りながらも挨拶を交わした。

一番ビビっていた和尚も、親分衆から、

「ご苦労様でした」

と頭を下げられ、ご満悦である。

「まま、親分も一杯」

和尚にビールを勧められた「若松屋」の兄弟分の老人は、

「いやいや、あっしはとっくに引退して、今は老人ホームで暮らすしがない年寄りです。その『親分』てのは止めておくんなさい」

「え、じゃあ?」

「あっしは吉良(きら)ってんで、吉良と呼んでください」

「お、じゃ、吉良さん、一杯いきましょう」

「恐れ入りやす」

和尚と吉良老人は互いに相手のコップにビールを注いだ。

吉良老人の情に厚い人柄は葬儀でみな目にしているから、自然と地元の人々はこの二人の周囲に集まってきた。吉良老人の隣には例の一番の強面が控えているが、これは護衛のような存在なのだと理解して、みな恐れる様子はない。

「吉良さんは若松屋さんとは長いおつきあいですかな?」

この和尚の質問は誰もが聞きたがっていたものだ。周囲はみな声を出さずに吉良老人に注目している。

「はい、もう六十年以上のつきあいでしてね。あたしらがこの道に入ったのは、終戦直後のことでした。ちょっと上の兄貴分たちは戦争から帰ってきたばかりで、そりゃあ気が荒かった。戦地で地獄を見てきた迫力がありやした。あたしらは同年代が三人おりやして、もう一人はマサと同じ石川って男で、いえ、血の繋がった兄弟ではありやせん。偶然名字が同じってだけで。その男は石川勝満ってんで、区別するためにマサとカツと呼ばれて、ついでにあっしの名前が英久なんでヒデとなりやしてね。『マサ』『カツ』『ヒデ』で親分からは三羽烏ってことで可愛がってもらいやした。ご住職は昔の博徒のことなんざ、ご存じないでしょうね？　戦前の賭場での若い者の仕事といやあ、客人にお茶を出したり、タバコを買いに走ったりですが、それ以外には、手入れがあったときに、やってきた警察官の前で派手にすっころんで邪魔して、手入れを少しでも遅らせる係、お客を誘導して二階の窓から屋根伝いに逃がす係、それと花札を食っちまう係なんかを仰せつかるんです」

「花札を食う？　食べるんですか？」

「そう、食っちまうんです。ほら、花札は全部札が揃っていないと勝負にならないでしょう？　一枚食って、『ほら枚数が足りない。これで博打が打てるわけない』てな屁理屈でケムに巻くわけで。ですが、実際には戦後の混乱期でしたからね、警察も博打より闇市の方の手入れで忙しかったんで、あたしらは幸い花札を食べる目には遭いませんでした。まあ、あたしらが教わったのは、自分は捕まっても客人は逃がせ、ってことなんですよ。お客は素人衆もいますからね。体を張ってそこは守り抜く、それが親分や兄貴分の第一の教えでした。あたしらは仲のいい三人でしたが、その中でカツはよく『跳ぶ』男でしてね。要は鉄砲玉みたいに向こう見ずなところがありやした。で、地元でヤクザ同士の抗争騒ぎの折に、まあ『跳んだ』わけですよ。ええ、死んじまったんで。ただ、それはまあ派手に跳んだもので、相手の親分衆をビビらせるには十分な働きでした。で、ツレだったマサとあっしもついでに名を売っちまいました。……今思い返しゃあ、カツは可哀そうなことをしました。たった一つの命をあんな馬鹿な使い方しちまって。それはマサも同じ気持ちでしたよ」

半世紀以上昔のこととはいえ、あの温厚な「若松屋さん」がそんな修羅の世界で生きていたとは想像し難い。

「あたしらの親分は戦前の博徒の風情を持った人で、けじめはつけるが争いごとは好まねえって、よく言ってましたっけ。カツが死んだあとは、あっしとマサのことを殊更大事にしてくれやしてね。それでまあ、一番抗争の激しかった時期をあたしら二人は生き延びることができやした。ある意味カツのおかげです。……一時期は羽振りのいい親分でしたが、あたしらが組の中堅になった頃から病気がちになりやして、今思えば酒が過ぎて肝臓を壊してたんでしょう。それで子分たちの将来を気にしてくれたんでさあ。まあ、いい親分でした。で、あっしとマサの性分を見て、あっしは一時期テキ屋の叔父貴に預けられ、マサにはこの柳地の興行師の親分に口をきいてくれやした」

ここで柳地の地名が出て、聞いていた連中は一斉に「なるほど」と頷いた。

「マサはそもそも極道には向いていない性格でしてね。背中に墨は入れてましたが……

……」

「え？　若松屋さんは入れ墨してたんですか？」

「はあ、ご存じない？」

「ええ、わたしは気がつかなかったです。知ってたか？」

和尚の問いかけにみな首を捻る。中の一人が、

「そう言えば、マサちゃんと温泉に行った覚えがない」

記憶を辿る視線を宙に浮かせて言った。この近辺にいくつか温泉施設があるが、「若松屋さん」は利用したことがないかもしれない。

「般若の面が描かれてたんですがね。まあ、人目のつく場所でこれ見よがしにひけらかすような男じゃありやせん。みなさんがご存じないのも当然と言えば当然なこって。優しい男でしたから、その般若の墨を入れたのも人を脅そうってわけじゃありやせん」

そう聞かされてもあの温厚な「若松屋さん」と般若の面の入れ墨が結びつかない。一同首を傾げるばかりだ。

「マサを引き受けてくださった親分さんも、その性格を買ってくださいやしてね。堅

気の生活の方が向いているんじゃねえか、というか、堅気で通用する男だと見込んでくれたようで、それでこちらの布団屋さんの後継者として推薦してくださったってことでござんすよ」

これで一つ街の歴史が明らかになった。元博徒が柳地駅前商店街入り口にある「若松屋布団店」の店主になったいきさつだ。

「吉良さんのおかげで我々も地元の隠された歴史を知りましたなあ」

和尚が一同を見回して言うと、

「誤解しないでおくんなさいよ、マサは素性を偽っていたわけじゃないんで。元の親分にはもちろん、兄弟分にも十分筋を通して堅気になりやした。で、以前世話になった連中がこうして冥土(めいど)への見送りに顔を揃えたってわけでござんす」

「いやあ、ご存命中にご本人からお話を伺ってればねえ」

和尚がしきりにそれを惜しむ。

「この森野(もりの)もマサにはよくしてもらったはずで。な、そうだろう?」

吉良老人は隣でかしこまる男に声をかけた。男は、

「へ、へい」

表情を変えずに低く答える。

「マサとあっしはね、この森野を見ていると、どうしても死んだカツを思い出すんで

ござんすよ。お互い老いぼれても記憶の中のカツは若いままでしてね。この石松（いしまつ）……森野は性格もやることもカツそっくりなんで。おい、石松」

「は、はい」

「マサはなあ、いつも言ってたぜ。石松に無茶はさせないでくれ、カツの分まで長生きさせてくれ、ってな。ありがてえだろう？」

「は、はい、あ、ありがたいっす」

石松と呼ばれた男は何度も細かく瞬（まばた）きした。表情の読み取りにくい顔だが、故人を偲（しの）んで泣いているようだ。

そこへ、大広間の人々に挨拶（あいさつ）していた「若松屋のばあちゃん」がやってきた。

「ご住職、ありがとうございました。皆さんもお忙しいところをありがとうございます」

居並ぶ面々はそれぞれ挨拶を返す。

「吉良さんも遠いところをありがとうございます」

吉良老人は正座しようと腰を浮かせかけたが、母親についてきた若松屋の娘が「そのまま」と肩に触れると、元のまま痛む方の膝（ひざ）を伸ばして座椅子の背にもたれた。

「いやあ、マサとは血の繋がった兄弟以上の仲ですからねえ。別れを言いにこなきゃあバチが当たる。あっしも随分長く生きてきたけど、こんなつれえ別れは初めてだ。

長く生き過ぎたのかもしれねえや」

そう言う吉良老人の肩に触れたまま、

「そんなこと言わないで、吉良のおじちゃんにはお父さんの分まで長生きしてもらわないと」

涙ながらに娘が訴えると、

「そうですよ。主人は息を引き取る寸前まで『ヒデに会いたい』と言ってました。きっと達者で長生きしてくれ、って伝えたかったんだと思いますよ」

母親の方も言葉を継いだ。

「いやあ、つれえんだよ、寂しいんだ」

吉良老人は声を上げて再び泣いた。その肩を母娘がさするようにして慰める横で、

「ククッ」

石松も座卓の下に潜り込む勢いで首を垂れる。

「石松っちゃんもありがとうね。あなたはまだまだこれからの人なんだから、頑張ってよ」

「そうよ、お父さんはいつも石松っちゃんのこと心配してたんだよ」

母娘はその丸まった背中にも声をかけた。

そんなしんみりとした座を取り囲んでいる地元の者たちは、若松屋を中心とした人

間関係を整理している。

「若松屋さんは元々柳地の興行師の親分のところにいたわけか。知ってる？」

「さあ、死んだ親父だったら知ってたかなあ」

五十代の二人が噂していると、七十代と思しき人物が、

「ああ、そりゃ川田組だ。県の東部は全部そこが興行を仕切ってた。俺なんかの子どもの頃の話だ」

「へえ、で、若松屋さんの兄弟分があの吉良さんか？」

「だろう。元は親分さんだ」

「吉良組？　吉良一家？」

「まあ、そういうことになるな」

「そうすると、あのごつい人がその子分か？」

「森野さんでしょう？」

「え？　石松さんじゃないの？」

「そりゃ、苗字と名前ってことでしょうよ」

「え？」

「森の石松？」

森野敏行

森野敏行は堅気の家庭に生まれた。父親は平凡な勤め人だった。兄と妹がいた。生き方の不器用なのは父親譲りかもしれない。父親は出世とは縁のない人で、子どもたちはぎりぎり飢えを知らない程度の倹しい家庭で育てられた。

兄は病弱で家にいるのが好きな子だったが、森野は野外で活発に動き回ることを好んだ。妹はそんな森野と行動を共にすることが多く、これは幼い森野にとっても好都合だった。森野には吃音があり、妹に代わりにしゃべってもらったのだ。駄菓子屋などでのささやかな買い物も妹に任せるのが常だった。

森野の吃音は小学生の頃にはいじめの原因とはならなかった。一年生の担任だった福井まどか先生が気配りの利く人で、同級生たちに、

「森野君のお話をちゃんと聞いてあげてください」

と根気よく説得してくれたからだ。

勉強は苦手でも運動神経のいい森野は、いつも友だちに囲まれていて、休み時間には遊びの中心にいた。

中学に進むと吃音をからかわれる場面は何度かあった。しかし、それで喧嘩になる

ようなことはなかった。小学校から一緒だった友だちが庇ってくれたのだ。森野は柔道部に入り、毎日黙々と稽古に励んだ。稽古すればするほど、目に見えて森野は強くなった。顧問の先生からも、

「森野は才能があるな。ずっと柔道を続ければ大成するぞ」

と言われた。柔道部で活躍し始めると、無口にしていても一目置かれる存在となり、吃音のことを話題にする者はいなくなった。

道を踏み外したのは高校に入ってからのことになる。

柔道の実力を買われての高校進学だった。全国に知られた名門柔道部で、一年生のうちから選手として嘱望されていたのだが、それをやっかんだのかどうか、柔道部とは関係のない三年生の不良から喧嘩をふっかけられた。口では言い返せないからすぐに手が出た。森野にこっぴどく殴られた不良は翌日数人で仕返しにきた。それもバットや木刀で武装してだ。

取り囲まれた森野は、「番長」と呼ばれるリーダー格の男に組み付き、そのまま離さなかった。他の不良から背中や腿の辺りを得物で殴りつけられても離さなかった。その男がオチるまで絞め続けた。

（オチた）

そう確信してからそいつを放り出した。転がった番長の白目を剝いた顔を見て不良

どもは震え上がった。死んだと思ったらしい。一斉に逃げ出す三年生に向かって、

「逃げるんじゃねえ、死んでねえよ」

そう怒鳴ったときはなぜか吃音が出なかった。

足を止めて振り返る不良の目の前で番長の胸の辺りを蹴飛ばすと、

「プハッ」

息を吹き返したものの、すでに彼は失禁しており「番長」の面目は丸つぶれだった。不良たちはその汚れた男を抱えて逃げていった。

そのときは痛快だったが、後がいけない。喧嘩両成敗といっても、多人数で武器まで用意していた不良の方が悪いと思われたのに、学校側の裁定は違った。一番まずかったのは、柔道部員の森野が柔道の技を用いたことだった。

停学処分は構わなかった。そこは覚悟の上だ。だが、柔道部に復帰できないと知らされて腹を決めた。そもそも勉強が苦手だった森野にとって、柔道がなければ学校にいることは無意味だった。

中退して家出。家出してすぐに吉良の親分に拾われた、というかスカウトされたようなものだ。一人で十数人の上級生たちを震え上がらせた武勇伝は、その筋の人間にはすぐ広まっていたらしい。

初めて会ったとき、吉良親分は、

「おう、意外に小柄なんだな。いい、いい。ガタイじゃねえ、度胸で勝負だ」

そう言って歓迎してくれた。

「吉良一家」は和風の古い建物で、実家の狭い間取りしか知らない森野には御殿のように思えた。そこに住み、三食面倒見てもらえるのだから不満はなかった。

最初の仕事は掃除と電話番だった。電話番は吃音で苦労したが、それでも学校の教室でわからない授業を受けているよりはずっとましだ。

しばらくすると、兄貴分の小川剛士が縄張りを見回るときについていくことも増えていった。肩で風を切る小川の兄貴の後ろ姿は惚れ惚れするほどかっこよかった。誰かの挨拶に、

「おう、景気はどうだい？」

と応える姿も粋なのだ。森野ならそんなときにも口ごもってしまい、何か卑屈な感じになってしまう。

そんな森野を小川の兄貴は何かと可愛がってくれた。

兄貴が連れて行ってくれる映画で「任侠」について学んだ。予備知識がない分、映画が教科書になった。一番に思ったのは、無口な自分に向いている世界だということだ。そして昔の渡世人に「正義」を感じていた。

小川の兄貴は映画の後で、喫茶店に連れて行ってくれた。そして吉良親分の若い時

分の話を聞かせてくれた。兄貴自身その時代のことを知るはずもないが、親分から繰り返し聞かされた話を自分の体験のように語った。小川の兄貴は吉良親分を尊敬し、森野はその二人を尊敬していた。

家族とは縁が切れていた。幼馴染(おさななじ)みともだ。

森野の目標は柔道で日本の「一番」になることで、それを実現させ国の代表としてオリンピックの舞台で活躍するのが夢だった。家族も友だちもそれを期待してくれていた。それが柔道をやめて高校も中退し、ヤクザになったとなれば、みんな離れていくのも当然だ。父親からは、

「勘当する」

と妹を通じて告げられ、同じく妹の口から、

「体に気をつけて」

という母親からの伝言を受け取った。

森野にとって吉良組の人々が家族となった。もう他に行く場所はない。別の「一番」になることを考えねばならない。

究極の目標は吉良親分のようになることで、当面の見本は小川の兄貴だ。兄貴に、

「そりゃあ、一番の親分になるにゃあ、一番の子分にならねえとな」

そう言われ、もっともだと思った。

森野が「石松」と呼ばれるようになったのは、名字からの語呂合わせということもあるが、発端は小川の兄貴だった。兄貴は清水一家を理想とするところがあり、

「吉良の親分が次郎長なら俺は大政、トシは石松だな」

そう言って、森野を喜ばせてくれた。そして森野を呼ぶのに、

「おい、石松」

人に紹介する際にも、

「こいつは森野、うちの一家の石松だ」

となり、他の人間からは、

「森野は馬鹿だからな、そこも石松だな、馬鹿は死ななきゃ治らねえ、ってな」

そう茶化された。

しかし、森野自身がこのあだ名を気に入っているから抵抗はない。何と言っても、小川の兄貴の影響で森野は浪曲や映画に出てくる「森の石松」の大ファンなのだ。次郎長ものの映画を観ては、森の石松の活躍に胸を躍らせた。

清水次郎長の子分二十八人衆の中で、大政、小政、大瀬の半五郎に続いて四番目に強いと挙げられるのが森の石松だ。この四番目、というのも森野の気に入るところだった。実際は吉良一家で喧嘩が一番強いのは森野だろう、と噂されていた。だが、森野は自惚れることなく、四番目でよしとした。

森の石松はどの映画やドラマでも当代の人気者が演じ、その性格は酒飲みで荒くれ者だが義理人情に厚く、少し抜けたところのある愛すべき人物として描かれていた。そして、親分次郎長や兄貴分大政に向こう見ずな性格を危ぶまれながらも、喧嘩の強さで一目置かれるところもいい。森野も吉良親分や小川の兄貴とそんな関係でいたかった。

映画やドラマでは、次郎長親分の代理で金比羅さんにお礼参りに行った帰りに都鳥の吉兵衛の騙し討ちに遭い、閻魔堂で無残に殺される。ここは悔しいところだが、次郎長親分は都鳥を討ち果たしてくれる。

何度も観ているストーリーでありながら、森野は毎回手に汗を握るのだった。

小川の兄貴には妻子があり、たまに自宅に森野を連れ帰ってくれた。兄貴の妻の容子を森野は「姐さん」と慕い、一粒種の剛明を可愛がった。

自宅での兄貴は外にいるときと別人だった。剛明との接し方など、堅気の家庭でもこれほど優しい父親は滅多にいないだろう、と思えた。その姿がまた魅力的に見えて、ますます兄貴を尊敬する森野だった。

(自分もこんな女房や子どものいる家を持てるかな?)

そう憧れながらも、家庭を持てば自分は弱くなるかもしれない、と危惧した。何しろ森野の「売り」は腕っぷしだ。これがなければ一番の子分になれそうにない。

喧嘩になれば森野は真っ先に「跳んだ」。常に素手で相手に向かった。

吉良親分の若い頃と違って、ヤクザ同士の喧嘩で死人が出ることは稀な時代になっていた。喧嘩慣れした者ほど、ドスを持っていても死なない程度に刺そうとする。そこに隙がある。思い切っていける素手の方が有利だと思った。が、怪我はした。

突進してくる森野に怯えて、滅多矢鱈に刃物を振り回す馬鹿がいた。顔を切られた森野はひるまずその男に組み付いて絞め落とした。すぐに息を吹き返したものの、その男にすれば「死」を見た恐怖だったろう。

次にまた同じ場面になり、顔と肩を切られた森野は再びその男を絞め落とした。

三度目、ドスを投げて男は逃げた。

この話は面白おかしく脚色されて、狭い業界で武勇伝として広まった。「吉良組の石松」の名は轟き、相手の男が刻んだ顔の傷痕は森野の勲章となった。

後にその男は人を殺そうとして殺された。鉄砲玉として使い捨てにされたのだ。それを聞いた森野は、

（あいつは任侠の世界に向いていなかったんだ）

と思った。

森野の弱点は言葉を知らないことだ。吃音のために喋るのは好きではないし、本も読まないから語彙は増えない。だから自分の気持ちを言葉にできない。このときも、

死んだ男への気持ちが言葉にできなかった。顔も名前も知っているとはいえ喧嘩相手だ、友だちではない。それでも何か胸の辺りがザワザワしてその夜は酒をしこたま飲んだ。

たまたまその翌日、小川の兄貴が「石川の叔父貴」と呼ぶ人物が親分を訪ねてきた。ごくたまに親分に会いに来るそうだが、森野は初めて見る顔だった。吉良親分とは若い頃からの兄弟分だという、小柄で温厚そうな布団屋さんだ。

「マサ、こいつは森野っていうんだ。ま、あだ名は石松ってんだけどな……」

そう紹介してくれたとき、

「マサ、誰かに似てるとは思わねえか？」

親分は石川の叔父貴に意味ありげな視線を向けて言った。布団屋の主は優しい目で森野をじっと見ると、

「ああ、カツか、そうだな。こんな感じだった」

大きく頷きながら返した。

「こいつは中身もカツと似てるんだ」

そう言う親分は苦いものを飲み込んでいるような表情だった。

「性分もか……そいつはいいんだか悪いんだか……森野さんといったね？　いいかい、無茶はいけないよ。そりゃあ、あんたも任俠の世界で一旗揚げようって男だ、命を張

らなきゃ乗り切れない場面もあるだろう。でもな、ヤクザだって命は一つだ。大切にな」

「へい」

そう答えて頭を下げたとき、なぜか森野は泣きたい気分になっていた。久しぶりに親の優しさに触れたように思えたのだ。

それから訪ねてくるたびに、石川の叔父貴は森野の顔を見たがった。

「よかった、よかった、元気にしているな」

何か父親が会いにきているような感じだ。

そのうち実の父親の方が還暦を前にして急死した。脳梗塞だった。勘当を解かれる前の死で、葬儀に参列するものかどうか迷ったが、

「何を言ってんだ。たった一人の親父さんだろう」

親分と兄貴に怒られて、気まずい思いで実家に向かった。だが案に相違して、家族は快く森野を迎えてくれた。

突然夫を亡くした母はそれまで気丈に振る舞っていたようだが、久々に現れた次男の顔を見ると堰を切ったように涙を溢れさせた。

役所勤めの兄はしばらく見ないうちにぐっと老けていた。職業柄ということもあるのだろうが、父と瓜二つに見えた。

「親父は最後までお前のことを心配していた」

社会人としての風格を身につけた兄は静かに言った。兄によれば、父は別に息子に対して怒っていたわけでもないらしい。ただ、けじめをつけたことを世間に知らせる意味で勘当と言ったようなのだ。実際のところは、森野が道を踏み外したことを自分の責任のように思っていてくれたらしい。

「兄弟なんだから、いつでも迎えてやれ、って言ってたよ」

妹も父の言葉を教えてくれた。

(親不孝をした)

森野はそこで初めて後悔の念を覚えた。

その頃はまだ民間の葬儀場は普及しておらず、葬儀は地域の集会所と呼ばれる建物で行われた。そこで出会った古い知人や幼馴染み(おさななじ)は、森野とは微妙に距離を置きたがった。兄は、

「相手の立場を考えろ。今のお前と親しくするわけにはいかないんだ。むしろお前が極道と知って近づく人間は危ないぞ」

小さな声でそうアドバイスをくれた。兄の言わんとするところはすぐに理解できた。ヤクザに近づいてくる堅気はいる。ヤクザ好きの素人は多い。吉良の親分も小川の兄貴もそんな堅気を敬遠した。何かのトラブルの際に、

「俺にはヤクザの知り合いがいるんだ」

と利用する肚が透けて見える。だから、古い顔なじみが森野を避けるのはむしろ健全な態度なのだ。子どもの頃の友だちとも今は住む世界が違っている。

親同士のつき合いもあった近所の幼馴染みが通夜と葬儀に顔を出してくれていた。

そんな友人は、

「ご愁傷様です」

と型どおりの挨拶に続き、

「元気にしてた？」

などと声をかけてくれるか、目礼して去っていくだけで森野が変に気を遣う場面はなかった。

この体験は、

(元には戻れない)

という覚悟を新たにさせた。

自分の家族は吉良一家だ。

それからは石川の叔父貴のことがますます父親に思えた。吉良の親分とはまた違った「親」だ。吉良親分も森野が石川の叔父貴を慕うことを喜んでくれて、何度か柳地市にある「若松屋」に連れて行ってくれた。

「いいか、あまり長居はしねえからな。俺たちみてえなのが店の中にいちゃあ、堅気の衆の足が遠のくってもんだ。マサの商売に障る」

そう戒めた親分とは逆に、叔父貴の方が大歓迎してくれた。毎回店の奥の自宅に招き入れ、家族にも引き合わせてくれるのだ。

稼業が板についたというべきか、顔の傷のせいだけでなく、森野の体には「ヤクザ」の空気がまとわりついていた。そのために堅気の人間は、森野を見ると必ず身構える。いくら森野が鈍感でも、周囲の「引く」雰囲気はわかる。だが、石川の叔父貴だけでなく、その家族も何の抵抗もなく森野に接してくれた。セーラー服の娘さんが学校から帰宅するなり、

「ただいまあ、あ、石松っちゃん、来てたんだあ」

と笑顔を見せてくれるのだ。

そんなときには、森野は何かもったいないような気持ちになった。兄貴分たちにぞんざいに扱われる方が落ち着くぐらいだ。

富高興業

森野が吉良一家に入って数年経った頃には、次郎長一家どころか、高倉健の任侠も

の世界はおとぎ話、菅原文太の『仁義なき戦い』すら伝説とされる時代になっていた。本来なら主流を占めるべき森野のような武闘派タイプが、同業者から畏敬の眼差しではなく、同情や憐憫の視線を向けられる。

高度成長期を経て日本は「経済大国」になっていた。ヤクザの世界でも血の気の多い肉体派よりも、ペテンの利く連中が組に貢献するところは大きかった。面白くない状況とはいえ、森野たちもその恩恵に与っていたわけでそんな頭脳派を悪くは言えない。

しかし、徐々に組の雰囲気は変わっていき、決定的に森野の身近で風向きが変わった発端は小川の兄貴の死だった。

ある雨の夜、小川の兄貴は何者かに刺されて死んだ。何があったのか真相はわからない。刺された場面の目撃者はおらず、雨の中を傘もささずに走っていた茶髪で革ジャンの若者がいたというが、それも事件に関わりがあるかわからない。結局犯人は捕まらなかった。警察もこの件に関しては迷宮入りを恥じていない。

「ヤクザ同士のいざこざだろう？」

そう軽く見られた印象だ。堅気を巻き込んでいないだけ上等、あとは自分たちでケリをつけろという扱いに思えた。

葬儀の席での吉良親分の落胆ぶりは痛ましいばかりだった。誰もが小川の兄貴が親分の跡目を継ぐと思っていた。親分自身もそのつもりだったろう。森野もあの日ほど悲しく悔しい思いをしたことはない。

(俺が兄貴についていたら)

今でもつきまとうこの思いはその夜芽生えた。

森野が「姐さん」と慕った容子は青い顔で固まっていた。あまりに突然のことで涙を流すことも忘れているようだった。その周囲で五歳になったばかりの剛明がはしゃぎまわり、参列者の涙を誘った。

その日以来、貫禄のあった親分は萎んでしまったように小さくなり、それから数年後には引退を宣言してしまった。

吉良の親分はかつて自分がその親分からしてもらったように子分にもしてやろう、という思いが強かったようだ。自分なしでも子分たちが生きていける道筋をつけてやろうと考えてくれていたのだ。しかし、それも小川の兄貴がいなくなったことで思惑通りにはいかなくなった。

そこで、直系ではない富高に組を譲った。そこは富高の才覚に賭けたのだろう。富高は金儲けに鼻の利く男だった。実際、世の中は富高のタイプが幅を利かせる方に向かっていた。バブル景気を迎え、この富高のおかげで組はずいぶんと潤って大きくなり、やがて企業としての体裁を整えることになった。

　そうなると森野の影は薄いものにならざるを得ない。

「石松、おめえはいい男だ」

　顔を合わせるたびに吉良元親分は言ってくれた。

「おめえもなあ、俺の時代だったら一家を構えたに違いねえ。いかんせん生まれた時代が悪かったなあ。俺の時代ってのはつまり、戦後の闇市が商店街に衣替えしていった頃だ。まだまだ武闘派の威勢のいい連中が幅利かせてたよ。おめえみてえな、口は立たねえが命を惜しまねえって男がな。時代だよ時代。今は小賢しいインテリが重宝される。いいか、だからって腐るんじゃねえぞ。お天道様は見ていてくださる。巡り巡っていずれはおめえの時代が来るってもんだ」

　だが、そんな時代が来る気配はなかった。兄貴分の辻谷とは、

「あ、兄貴」

「馬鹿野郎、石松。何度言ったらわかるんだ。専務だろう？　専務と呼べ」

　というやりとりがお約束だ。森野には企業舎弟と呼ばれる立場が正確には理解できないし、理解したくもなかった。何か嘘くさいと感じるのだ。

　吉良一家は今や富高興業グループだ。それで舎弟はみんな経済的に救われた。文句の言える筋合いではない。

　吉良元親分の言うように生まれる時代を間違えたのだろう。森野にとっては住みに

くい世の中になってしまった。今や虫の好かない弟分のインテリヤクザ鈴木の方が重宝されて、辻谷の兄貴と同じく専務と呼ばれている。

（体張って代紋守ったのは俺たちなのに）

そう不満に思っても、共感してくれそうな者はいない。それでまた元親分を訪ねることになる。

吉良元親分が今住んでいるのは東村山にある住宅型老人ホーム「三つ葉ハウス」だ。早くに奥さんに先立たれている元親分は、娘たちには面倒かけたくないということで、ここでの生活を選んだ。

ハウスでは認知症の入居者もいるので、玄関ホールの先のドアは簡単には開かない。そこで待っていると職員が迎えに来てくれるシステムになっている。

「あら、森野さん、いらっしゃい」

職員たちとはもう顔見知りだ。森野が一見不愛想なのも、吃音を気にしてのことと理解してくれていて、無言で会釈しただけで笑顔を見せてくれる。

広い食堂で面会する家族もいるが、森野は元親分の部屋に行く。老いて弱った吉良元親分の前に、たまにでも顔を出す元子分はもはや森野一人だ。ときには、ハウスの近くで暮らす元親分の長女綾子と鉢合わせすることもある。綾子は堅気の夫を持つ専業主婦で、昔馴染みの森野を歓迎してくれる。

「石松っちゃん、また来てくれたの、ありがとう。お父さんは石松っちゃんが顔見せてくれると元気になるみたいよ」

森野はこの「お嬢」に弱い。年齢は自分とさほど変わらないのに、母親と接しているように感じる。だから吉良元親分とお嬢の言葉が何より励みになる。

「おめえも大した男なんだがなあ」

元親分の口癖を聞くだけで気分は晴れる。

だが、森野が遅れてきた極道であることに変わりはない。

遅れたついでに後輩にまで追い抜かれる始末だ。弟分のタケこと田村武彦とは出会ったときからウマが合い、「タケ」「石松兄貴」と呼び合って、どこに行くのも一緒だった。そのタケがいきなり社長になった。

富高興業グループが吸収した会社を任されたのだ。

「よ、よかったな、タケ」

型通りに祝福したものの、森野の心中は穏やかではなかった。自分が経営者の器でないことは森野自身が一番よくわかっている。それにしたって、一番身近な弟分に先を越されたとあってはメンツ丸つぶれだ。面白いはずがない。

このときも森野は自分の気持ちを言葉にできずに当惑するばかりだった。

「石松兄貴」

と呼びかけて来るタケをなぜか避けるようにしてしまう。他人から「社長」と呼ばれるタケの隣はどうも居心地が悪い。そんな現状を報告に行くと、

「馬鹿野郎、情けねえこと言ってんじゃねえ。そんな愚痴聞かせに来るんだったら、二度とおめえとは会わねえぞ」

珍しく元親分に怒られた。

「タケのやつはな、そこそこソロバンも弾けて、それなりにしっかりしてる。そりゃあ、小さな会社ぐらい任せてやろうか、てえ富高の心づもりはわからなくもねえ。石松、おめえにそれができるか？　できねえんだから仕方ねえだろ。それにタケ自身はどうなんだ？　社長にされたからって、おめえに会って兄弟分の風向き変えるこたあねえだろ？」

「へ、へい」

「それみろ、やつは筋を通してるじゃねえか。兄貴分のおめえがそれに応えねえでどうすんだ。情けねえ」

ここは昔の親分の貫禄そのままに怒鳴り倒してきたものの、どこにも愚痴の持って行き場のない森野の立場はわかってくれているから、吉良老人はそこからは調子を変えた。

「な、人は持ち場持ち場だ。石松の生かしどころは富高もわかってるだろうさ。富高

はな、あれは今風にやっていける男だ。本来なら俺とは違う筋だが、そこを見込んで後を託したんだ。元々俺は大学出の極道とは肌が合わねえんだよ。でもな、そこは時代だ。実際、みんなそれでシノギはうまくいってるってんだろ？　石松、おめえはその流れに乗ったままにしてろ。自分でどうこうしようってことでなく、だ。それで任侠の筋だけ通してくれりゃあいいのさ。な？」

森野はかつて小川の兄貴と一緒に観た任侠映画を思い出した。古いタイプの極道は昔ながらの筋を通して消えていく。

（やっぱり親分はいいこと言うなあ）

そう思って、訪ねてきたことが正解だったと思う森野だった。

このときは、たまたまその場にいた「お嬢」綾子から言われたことが心に響き、またタケと仲良くやっていけるようになった。

「石松っちゃん、人の幸せを自分のことのように思わないとダメだよ。大好きなタケちゃんが幸せなら石松っちゃんも幸せなはずよ。他人の不幸を望む人間なんて最低なんだからね」

言葉を知らない森野はなかなかしっくりくる表現に出会えない。だが、このお嬢の言い方はわかりやすかった。次にタケと出会ったときは、

「兄貴」

と呼びかけてきたところに、

「おう、タ、タケ、う、うまくやってっか？」

そう返すことができた。タケは嬉しそうに頷いていた。

タケはタケで気を遣っていてくれたらしい。

「兄貴に、石松の兄貴に申し訳ない」

と自分の出世を素直に喜んでいなかったようなのだ。森野がタケの社長就任を心から喜んでいると告げると、初めて本音で語り出した。

「兄貴、おらあ貧乏な家で育ったから、今の生活がもったいねえと思ってるんだ。初めて月給貰ったときは驚いたよ。まあ、俺は社長だから役員手当っていうのかな、きっとうちの親父なんてあんな金見たことないと思うぜ。ああ、月々これだけありゃあ、俺と妹は上の学校に行けたのにってよ。今更だけど、悔しかったよ。妹なんて頭良かったんだぜ。本当だぜ、兄貴」

「あ、ああ。し、信じるよ」

「この金があのときありゃあなあ、ってそりゃ思ったさ。世の中はどうもうまく運ばねえなあ。そうは思わないかい？　兄貴」

返事の代わりに森野は大きく何度も頷いた。

森野企画

森野のシノギは体を張るということでは以前と変わらない。体の張り方が喧嘩(けんか)ではないというだけだ。主に土木工事現場に人を手配して自分もそこで働く。例えば、一人一日一万五千円で五人の手が欲しいと言われれば、自分以外に四人の人間を連れて現場に出向く。自分の分の一万五千円に、他の四人の分から四千五百円ずつハネて、合わせて三万三千円がその日の稼ぎになる。

このシノギは結構長い。バブル全盛期にはずいぶん美味(おい)しい思いをした。建設ラッシュで人手が足りず、日当五万円でも頭数が揃わないこともあった。そのときは知り合いに一家総出で現場に出てもらったこともある。五人家族だったから一日二十五万円だ。確かにあれは異常な時代だった。

営業は上の者がやってくれる。大きな工事があると強引なやり口で仕事を取るらしいが、昔のように脅すような真似はしない。ゼネコンの方も弁(わきま)えていて、下請けを窓口にして決して直接は会ってくれない。こちらもいわゆる「フロント」を通しての交渉だ。体裁としては法律を順守している。

言われるままの人数を手配して現場に出るだけのはずが、一度だけ「フロント」の営業に連れられて、ゼネコンの下請けの事務所に行ったことがある。

「森野さんは座っているだけでいいですから」

と言われ、おとなしくソファに収まっていただけで用件は終わった。

森野はその風貌を利用されたらしい。

先方の会社は親から息子へ代替わりしたところで、富高興業グループと手を切るつもりでいたようだ。大手ゼネコンを退職して地元に帰ってきた新社長にすれば、これまでのいきさつは関係ない、というより新体制になることでしがらみから解放されたい、という思いがあったのだろう。森野を伴ったフロント企業の営業は、

「うちにはこういう森野さんのような方もおられますから」

と二代目だか三代目だかの新社長に告げた。その営業からすれば、情に訴えて、

「森野さんのように長年御社に貢献している人間も多数いますから」

の意味で言った、とするところだろうが、受け取る側には、

「こっちにはこういう怖い人がいますよ。夜道には気をつけてください」

となる寸法だ。

森野の顔はそう脅すには十分の迫力を有する。

それからしばらくしてその営業が夕食を奢ってくれて、

「これはうちの社長からです」

と札の入った封筒を渡された。どうやら役に立てたらしい。

森野にすればただ言われた通りに黙って座っていただけだ。これ以上楽な仕事はない。もっとも、これは例外中の例外と言えた。

大きな工事が入ると連日仕事だが、上納する分もあるから、月々の収入はそんなに大きくはならない。古いアパートにもう長いこと一人暮らしだ。それでも、違法な真似をしているわけでもないし、体を動かすことに抵抗もないから、取り立てて不満には思っていなかった。

そんな暮らしが続く中、柳地の石川の叔父貴が亡くなり、続いて兄が亡くなった。

吉良元親分は親友マサの死を誰の死よりも悲しんだ。森野も同様だった。

実の父とは十代で家出して縁遠くなり、亡くなったとき森野はまだ二十代だった。大人の死を受け入れる経験が不足していたし、大人の男同士として父子で話したことはない。葬儀の場ではまだ心の整理がつかず、悲しみを嚙みしめるのには何年もかかった。

その点、石川の叔父貴には三十年に亘って可愛がってもらったから、いわばその死を悲しむための心の準備はできていた。実の父には申し訳ないが、葬儀の席でより悲しみが深かったのは石川の叔父貴ということになる。

兄は還暦過ぎてすぐに肺癌で亡くなった。父と変わらぬ長さの人生だ。どうも森野家の男子は短命であるらしい。父の場合と違い、森野は葬儀に参列せず、花だけを贈った。実直に役所を勤め上げた男の葬儀の場に、自分の姿は相応しくないと思ったのだ。あまり顔を見る機会のなかった甥や姪も当惑するだけだろう。

兄の死を知らせてくれた妹から、葬儀後にも電話があった。

『最後に見舞ったときに兄ちゃんが言ってたよ。「子供の頃は自分が病弱だったから敏行に家の手伝いを代わってもらってたな。当時は敏行の逞しさが羨ましかった。結局、兄らしいことを何もしてやれなかったのを謝っといてくれ」って』

末期の肺癌で苦しい呼吸の中、途切れ途切れに妹に語る兄の姿が頭に浮かび、森野は携帯電話を持ったまま泣いた。

同じ家に生まれながら、人生の半分以上を家族らしい交流のないまま過ごしてきた。父への親不孝も、兄への不義理も、十代のちょっとした暴走がきっかけだ。情けないが、それが自分の人生だ、そう森野は思い定めていた。

そんな森野が突然現親分の富高に呼び出された。

「石松、おめえもその年でいつまでも手配師みてえなシノギじゃかっこがつかねえだろう？　長いこと冷や飯食わしたみたいで悪かったたな」

横で辻谷が言葉を継ぐ。

「で、社長としても色々思案されてな、今度おめえに傘下の『森野企画』を任せようって話になったんだ」

「石松の兄貴、社長ですよ。おめでとうございます」

いつもは嫌味な鈴木も森野を持ち上げる。

「え？　も、森野、き、企画？」

急な話で何が何やらわからない。

「森野企画。元は似たような名前のついてた会社だったんだがな、登記変更のときについでに名前をお前向きに変えといた」

辻谷は多少恩着せがましい口調になった。

「嬉しいだろう？　石松。いや、これからは森野社長だな」

ここも何やらわざとらしい。

「そうですよ。森野社長、おめでとうございます」

鈴木も辻谷に合わせた。二人とも富高親分と同じく大学出だ。一度富高親分に、

「これだから三流大学出は……」

と説教されているのを見たことがある。大学名を聞かされても森野には一流だか三流だかの見当はつかない。高校中退の身からすれば、大卒というだけで立派なものだと思うだけだ。その大卒を差し置いて自分が社長に抜擢（ばってき）されたのは誇らしい。

それからは鈴木に連れられてスーツをオーダーしに行き、靴と名刺入れも新しいも

のを用意した。

「全部、富高社長からです」

森野が自腹を切らなくていいことを鈴木は強調した。

出来上がったスーツで鏡の前に立つと、

(俺も結構な年齢になったんだな)

時の流れを実感した。いつもの作業服姿では若いままのつもりになってしまう。

「世間は見かけで判断しますからね。いや、いい貫禄(かんろく)です、森野社長」

いつになく鈴木の口調に皮肉めいたものはなかった。

「それと、社宅を用意してあります。引っ越しはいつがいいですか?」

「ひ、引っ越し?」

そこまで面倒みてくれるとは思わなかった。長年住み慣れたアパートだが、特別な愛着があるわけでもない。気の利いた家具も置いていなかったから引っ越しは簡単なもので、新しいマンションにはその週のうちに移った。妹にも一応報告した後、

「しゃ、社長に、な、なりました。や、やっと一家を、か、構えられます」

吉良元親分に電話すると、

『そうか、そりゃめでてえな』

そう言いながらも手放しで喜んでいる風ではなかった。

『とにかく一度顔を見せてくれ』

　言われたその日に「三つ葉ハウス」に行くと、綾子お嬢が先客だった。

「石松っちゃん、社長さんだってね。おめでとう」

「あ、ありがとう」

「お願いがあるんだけど、うちの凜華をバイトでいいから雇ってくれないかな？　あの子は三十路になっても家にいるんだけどね。ちょうど最近仕事を辞めたところなの」

　森野は綾子お嬢には弱いから断れないが、凜華は苦手だった。優しい物言いの綾子の逆で、凜華は祖父の吉良元親分に対してさえズケズケとストレートな表現に終始する。自分に言われたわけでなくとも森野の心は疼くのだった。ただ、そんな孫娘が吉良老人は可愛くて仕方ないようだ。

「おう、俺からも頼むぜ。こき使ってくれ。ただな、石松。社長になったからって浮かれてるわけにはいかねえぞ。今回のことは俺もちょいと気になるところがあるんだ。まあ、心配性の年寄りのたわごとだがな。こいつは祝いだ」

　吉良元親分は一升瓶二本と祝儀を用意してくれていた。

　翌日、辻谷と鈴木に伴われて自分の会社を見に行った。場所は地下鉄丸ノ内線新高円寺駅近くの小さなビルの三階だった。

「経営は鈴木が手伝うし、当面は本社から資金を回すから給料の心配はねえ。ただ、儲かりだしたら本社の方を助けてくれねえと困るぜ。そこんところ頼りにしてっから」

辻谷は妙に優しい。

社員は二人。

経理の神尾。この男は本社から派遣されてきている。

商品開発の草間。この男は前の社長のときからこの会社にいる。

あとは森野の希望で雇われたバイトの凜華だ。吉良の元子分たちは、元親分の孫娘を生まれたときから知っている。

「凜ちゃんは森野社長の秘書代わりってことだな」

辻谷はご機嫌だ。

「草間さんはまあこれまで通りってことでよろしく」

「はい」

ときっちりお辞儀して応じた草間は、これまで森野の周囲にはいないタイプの男だ。堅気ではこれがふつうなのだろう。

「社長室」とドアプレートに書かれた小部屋に入ると、

「おめえもいよいよ一家を構えるからにはな、しゃんとしねえと下の者に示しがつかねえぞ」

釘を刺すように辻谷は言った。

「へい、あ、兄貴」

「だから兄貴じゃねえよ、専務だ。俺もこれから石松でなく森野社長って呼ぶからな」

辻谷は森野の五歳上になるものの、この渡世に入ったのは変わらない時期だった。後から入った森野は正確には知らないが、せいぜい半年の差らしい。

森野が心から「兄貴」と呼べた小川剛士は、辻谷よりさらに五歳上だった。

大卒を鼻にかけた辻谷の言葉は森野の心に響くことはない。だから逆に、軽く扱われても説教されても気にならない。

「おめえ、本を読んだりするのか？」

「あ、兄貴、し、知ってるだろう？　ほ、本は苦手だ」

「だから兄貴じゃねえって。まあいいや。じゃあな、何でもいい、一冊読んでみな」

「な、何を？」

「そりゃあ経営に関する本がいいんだろうが、最初からそうもいかねえだろう。おめえの好きなものや人に関するものでいいよ。何が好きだ？」

「何って……」

「じゃあ、誰が好きだ？」

「そ、そりゃあ、森の石松だな」

「おう、それでいいじゃねえか。石松の本を探して読んでみな。凜ちゃんに手伝ってもらやあ読めるだろ」

草間克昌

草間克昌(かつまさ)の経歴を一見した人は、彼が今どきのコミュニケーション能力に難のあるタイプだろうと勘繰る。何しろ転職が多い。それは誤解といえるのだが、草間自身も自分と世間の両方を誤解していたような面がある。

ＩＴ技術者としてそれなりのレベルの者をオタク的人間と思うのは、誤った先入観、偏見だ。草間が職場を転々としたことを、彼がそういう集団に溶け込めないタイプだからだろう、と思うのも誤解だ。むしろ逆である。草間は職場においても人間的繋(つな)がりを大切にしたいと考えていた。

最初に就職した会社は大手と呼べる規模で、待遇も悪くなかった。今思えば草間自身が青かったというか、職場に対してないものねだりをしてしまった。上司や同僚との関係の希薄さが、自分の想像していた理想とは程遠いと感じて、浅はかで早まった決断をしてしまったのだ。あのとき父が存命ならば、適切なアドバイスを貰(もら)って退職の決断をせめて数年先延ばしにしたかもしれない。

それからは悪いスパイラルにはまった。次の職場からは、
（ここで我慢するなら、前の職場にいた方がよかった）
という発想が頭をもたげてしまい、堪え性に欠けてしまった気がする。二十代で両親を亡くし、兄弟もなく、女房子供もいない「完全な独り身」の身軽さも悪い方に作用したと思う。この十年以上を派遣社員として過ごし、四十路を迎えて初めて焦りを感じた。

正社員として落ち着きたいと切実に思い始めてすぐ、大学で同じクラスだった中野と出会った。新宿の大型書店を出たところで偶然にだ。

「よお」

互いにすぐ相手を認めた。大学時代に同じサークルに所属していたとか、一緒に旅行したとか、そういう特別深い繋がりがあったわけではない。ただ、なんとなく気の合う感じではいた。他愛もない世間話がリズムよく運び、「こいつ変わってる」などと彼の発言に違和感を覚えたことはない。似通っていると言っていいのだろうか、草間には中野は「平均的学生」に見えたし、それは中野からしても同じことだったろう。その点はいわば「お互い様」だったと思う。

大学卒業後は二人に接点はなかった。年賀状のやりとりすらない。

久しぶりに近況を確かめ合うと、中野は三十代で独立して、企業の宣材やパンフレ

ットの印刷、ホームページ制作を請け負う会社を興していた。これはちょっと意外だった。学生時代の中野はどう見てもリーダータイプ、ボスタイプにはほど遠い感じの男だったのだ。

出会ったその日に、中野の会社「中野企画」で世話になることを決めた。

これもある意味「お互い様」だった。

中野は自分で会社を興していながら、仕事に飽きている風だった。それは夫婦の倦怠期に似ていたかもしれない。かつて、自然に彼の内から湧き起こっていたであろうビジネスへの情熱は失せているように見えた。

会社は丸ノ内線新高円寺駅から歩いて三分、小さなビルの三階だ。荻窪に住む草間にとっては、これまでで一番短い通勤時間となった。

中野企画には年下の「先輩」がいた。梅津と樋口という、ともに三十代の青年だ。それまで中野を加えた三人でホームページやパンフレットの制作をやっていたところへ、中野の代わりに草間が入る格好だ。

梅津はパソコンの扱いに精通していることを露骨にひけらかし、IT音痴の人間をひどく見下す、よく見かけるタイプの男だ。かつてハッカー行為に手を染めたこともあるらしい。それを自分で口にするなど、一般的倫理観から少し逸脱しているようだった。

　樋口の方は梅津に比べればおとなしい男だが、何かあれば一切妥協しないに違いない。常に眉間の辺りに力が入っていて、それが融通の利かない頑固な性格を表わしている。

　草間はこの二人のタイプの扱いには慣れていた。下手に仕事に注文をつければ、批判したと受け止められかねないが、言い方にさえ気をつければ支障はないはずだ。

　仕事に関しては技術的に目新しいものはなく、これまでに培ってきた草間の技術ですぐに対応できた。

　中野は経営の才があったようだ。小さな会社なりに生き延びる術を考え抜いたようで、仕事を受注するのに同規模の小さな会社を相手にしていた。大手の同業者が手広くやっている仕事の間隙を縫う手法だ。だが、そういう計算された経営戦略の一方で、彼のやり方には血の通っている印象を受けた。下請けというよりは、対等な立場で意見を交換し合い、相手の会社に貢献するという姿勢が感じられるのだ。

　草間が最初に任された仕事は、前年に梅津が、さらにその前の年には樋口が担当したものだった。全国の学校に演劇と音楽の鑑賞教室を売っている小さな劇団があり、そこのDM用のパンフレットとホームページの作成をする仕事だ。画像など資料はすべて先方から送られてきたが、草間は電話して直近の本番の場所を尋ねた。商品を知らないことには、それを売り込む資料作りはできないと感じたからだ。毎年請けている仕事にもかかわらず、これまではそこまでやる担当者はいなかった。つまり梅津と樋口のどちらも先方から送られてくるデータだけを基に仕事をしていたのだ。

本番前日、草間は会場となった都内の中学校を訪ね、劇団員たちが舞台の仕込みをしているところから見せてもらった。大道具や照明機材を搬入しているところに声をかけると、代表者は劇団員全員に草間を紹介してから、

「いやあ、中野企画さんの方が現場に足を運んでくれるのは、最初の年の中野社長以来ですよ」

と歓迎してくれた。

翌日の本番では芝居の内容とともに、観客の生徒たちの反応もチェックした。事前に台本にも目を通していたのだが、予想していなかった箇所で笑いが起こる。そうかと思うと、

（なかなかいいセリフだな）

などと門外漢が僭越な感想を抱いていた箇所で、実際に中学生がハンカチを使ったり洟を啜ったりしているのを確認して、自分のことのように手応えを感じた。

終演後、そんな感想を劇団員に伝えると大変喜ばれた。

そうやって、顔の見える関係になっただけでも成功だったかもしれない。出来上がったパンフレットとホームページの評判は上々で、実際公演依頼も増えたらしい。

梅津と樋口は絶対にしないやり方だった。すべてをわかった気でいる彼らには必要のないことなのだ。なぜか、彼らは世間三百六十度に対して上から目線でいる。一見、余計なプライドのせいでそういう態度になっている、と思われがちだが、逆だ。草間には二人が拭(ぬぐ)い切れないコンプレックスのせいで、素直な態度をとれないように思えた。つまりは苦しんでいるのは本人たちだ。

この分析は中野にも思い当たるようで、

「それがわかってるなら大丈夫だ。草間、あいつらと上手(うま)くやってくれ」

それだけ言って、草間の仕事にはあまり口を出さないでいてくれた。おかげでマイペースを貫けてストレスを一切感じないですんだ。

仕事の量も適正に思えた。金儲(かねもう)けに走って無理な受注をしているわけではなく、残業をする日もそんなに多くない。だが、着実に収益は上がっている。実に健全な経営をしている中野に、草間は一目置いた。

そのうえ、中野の方も草間に気を遣ってくれていて、これまでに勤めたどの会社よりもいい待遇だ。何も不満を覚えないまま一年が過ぎた。

だが、草間には見えていないところに落とし穴があった。

中野がゴルフに凝っているのは気づいていた。仕事でもグリーン上のつき合いは重要であろうし、しばしば会社に出ずにゴルフ場に向かうことを批判する気はなかった。

社長が留守でも草間は仕事に手を抜かなかった。

そのゴルフが中野の首を絞めていたらしい。

賭(か)けゴルフで大きく負けたようで、

「あのさ、この会社取られることになったんだ」

ある日、本人から直接告げられた。相談ということではなく、結果の報告だ。あまりに唐突で、

「え？」

と言ったまま草間は次の言葉に困った。

「いや、社長が俺でなくなるというだけの話だ。草間には引き続きこの会社で仕事をお願いすることになると思う。だから、心配はいらないよ」

中野はそう言って力なく微笑んだ。

「いやいや、心配なのはお前の方だろう？　どうするつもりなんだよ？」

いささか仕事への意欲を失っていたとはいえ、それなりに苦労して立ち上げた会社を失うのは寂しすぎるだろう。草間は中野が生きる気力さえ失いかねない、とそこを心配した。だが、

「うん、出直す。草間はしばらくここで頑張ってくれよ。また一緒にやろうって話にもなるかもしれないし」

を去った。

中野は何かサバサバしたようでもあった。彼はその日のうちに私物を整理して会社を去った。

入れ替わりに「富高興業」の鈴木と名乗る人物がやってきた。新しい社長かと思ったら違うという。

「仕事は今まで通りに続けてもらう。取引先にはこちらで事情を説明しとくから」

鈴木によれば、社名も「中野企画」から変わるということだ。中野の言う通り、社名は変わってもそのまま雇用してくれるということだった。

仕事内容も待遇も変わらないが、一応面接させてくれ、ということになり、三人の社員は新宿にある親会社「富高興業」に顔を出した。

面接に当たっては、

「引き続き同じ仕事をする気はあるか？」

と最初に聞かれ、草間が継続して働く意欲があることを告げると、

「それではよろしく」

そう返された。その後はプライベートな質問もあり、草間に家族がいないことを二度確かめられた。

新高円寺の会社に戻ると、意外なことに他の二人は退社を決めていた。面接での最初の質問にＮＯと返していたのだ。

梅津は、

「あれはヤクザですよ」

富高興業の重役たちのことをそう決めつけた。なんでも、かつてハッカーとしての仕事をやったのは、「ああいうタイプの連中」の下だったという。

樋口の場合も直感的に梅津と同じ結論を下したらしい。ふだん「空気の読めない」二人だが、他人への要求は厳しいのだ。

確かに、草間も富高興業の重役には妙なオーラを感じていた。第一、中野が会社を譲った事情がふつうではない。賭けゴルフのカタに取られたなど、まともな企業なら聞かない話だろう。

ただ、仕事の内容も待遇も変わらない。それならこのままで十分満足だ。重役のイメージが思っていたのと違う、というのは転職の理由にはならない。草間には、転職続きの悪いスパイラルは、そういうないものねだりから始まったという自覚がある。ここは不必要に不満を言い立てる場面ではないと腹を括っていた。

梅津と樋口はそのまま会社を去った。二人が残していった仕事は全部草間にのしかかってくるわけだ。しばらく多忙を極めると思われるが、いずれ人員は補充されるだろう。草間は楽観していた。

社名が「森野企画」になったと聞かされた翌日、新社長森野敏行と引き合わされた。

(え?!)

森野社長を見た瞬間、さすがに引いた。顔が引きつるのを必死に堪えた。ヤクザ的風貌とかヤクザ的雰囲気といった、婉曲な言い回しは必要のない人物だ。つまりヤクザそのものの存在感。顔の傷の迫力が本物だ。梅津たちと行動を共にしなかったことを後悔した草間は、

(どうしよう、今からどうやって断る?)

この場から逃げ出すことだけを考えるものの、

(『お腹が痛い』って、小学生の仮病だな)

などと頭の中でグルグルと使えないアイデアだけが渦巻いた。だがそのとき、

「よ、よろしく」

そう言って頭を下げた森野社長にちょっとだけ「善人」を感じた。自分でも根拠は説明できないが、

(この人は悪い人ではない)

と思ったのだ。

強烈な「裏社会」の雰囲気を感じる人が、少し常識的な挨拶をしただけの話だが、そのコントラストが逆に草間の心に響いた。

社長以外に二人の人物を紹介された。

経理担当の神尾。彼は富高興業の社員で、この会社に常駐するわけではないらしい。真面目というより、融通の利かない「数字がすべて」の人物に見える。

もう一人アルバイトの古澤凜華。

「わたしは森野社長の秘書のようなものです。ただ、草間さんの方で手が足りないときにはおっしゃってください。できることでしたらお手伝いします」

この小さな会社で社長秘書というのも妙な話だが、誰か社長のお世話係がいてくれた方が、草間も安心な気がした。

富高興業の辻谷専務と経理の神尾が去り、入れ違いに同じグループ会社の田村社長がお祝いの蘭を持って現れた。森野社長のことを、

「兄貴」

と呼んでいる。兄弟にしては顔が似ていない。やはりその筋の人だと思われるが、

「あんたが草間さんか、森野社長をよろしくな」

口調はぶっきら棒でも、どこか温かみがあり、草間に対して彼なりに礼を尽くしているように感じられた。

田村社長に誘われて森野社長はランチに出た。古澤凜華も誘われたが、

「わたしはお弁当持参です」

と断っていた。

　草間の昼食は毎日ごく軽いものだ。その方が午後の仕事の効率がいいように感じる。この日もコンビニで買ってきたサンドイッチとコーヒーのランチを摂っていると、凜華の方から話しかけてきた。

「この会社はどうですか？」

「と言われますと？」

「経営者が代わったので、やりにくいとかないですか？」

「そうですね、元々ここで同じ業務をこなしてたわけですから、わたしとしては何も変わりません」

「社長のことはどう思います？」

「社長のこと？　いえ、別に。経営のことはわかりませんから」

「でも第一印象は悪かったでしょう？」

　凜華は声を潜めるようにして、いたずらっぽく言った。

「それは、森野社長ではなくて、富高興業での面接のときから変な感じはありました」

「どんな？」

「何というかヤクザっぽい感じの方がいて」

「ピンポン！　正解」

「やっぱり？」

「そう。うちの祖父は富高興業の先代会長です」

「ああ、それでここでアルバイトを？」

「そうなんですけどね。わたしも詳しいことは教わらなかったんだけど、うちの祖父はヤクザの親分だったみたいなんですよね。母に聞いたところでは、母が高校生のときにちょっとしたワルがいて、母にちょっかい出してきたんだけど、いなくなったって」

「いなくなった？」

「そう、いなくなった」

「どういうことでしょう？」

「さあ、文字通り姿を見かけなくなったらしいです。殺されはしないだろうから、どこか遠くに逃げたんですかね？」

「それは……本物ですね」

どうやら、ここは残業のきつくない方のブラック企業らしい。

「大丈夫ですよ」

草間の心中を見透かしたように凜華が言った。

「何が大丈夫なんでしょう？」

「石松っちゃんはいい人だって、うちの母が言ってました」

「石松っちゃん？」

それは誰だろう。この会社にそんな人はいない。

「あ、石松っちゃんて森野さんです」

「社長ですか？　あ、そうか森野さんだから、森の石松の石松ですね」

「そうです。うちの祖父も母と同じことを言ってました」

「いい人だってですか？」

「そう。見た目はああだし、無口だから恐い感じでしょう？　でもいい人。わたしもそう思います」

最後は独り言のトーンで頷きながらの凜華だった。

凜華は干支でいうと草間のちょうど一回り下の三十歳だ。しかし、そんな年齢差を感じさせない。何か頼りになる雰囲気がある。見た目も「社長秘書」的スマートさがあり、スタイルがよくて身のこなしもエレガントだ。目鼻立ちのはっきりした顔で、特に目に力がある。

会社への要望は、社長に直接言うより今のうちに凜華に話しておいた方がよさそうだ。草間はそう判断した。

「あの、古澤さん」

「何でしょう？」

「元々ここの仕事は三人で回していたんで、できればあと二人ぐらい補充した方がいいと思うんです。当面はわたしが残業すればすむとは思いますが」

「たしかに、いつまでも草間さん一人に甘えるわけにはいきませんよね」

「どなたに相談すればいいのでしょう？」

「任せてください。社長に言ってすぐ対処します」

話が早い。外見のイメージだけでなく、実際凜華は仕事のできる女性のようだ。

新人がやってくるまでは数日かかるだろう。その方がいい。今は梅津と樋口の残していった仕事で残業もやむを得ない状況だが、入って来る人材によってはその指導に時間を費やす可能性もある。人が増えて逆に草間自身の負担が増してはたまらない。今の仕事に少し整理がついたところで新人に来てもらえれば理想的だ。それまでは新規の仕事を取らずにいればいい。

翌日、社長に来客があった。どうやら実の妹らしく、さかんに「兄ちゃん」と呼んでいるのが聞こえてくる。見た目も顔の輪郭が社長に似ている印象はあったから、間違いないだろう。しばらくすると、

「草間さん、ちょっといいですか？」

凜華に呼ばれた。幸い仕事の方は中断できる状況だ。すぐにデスクを離れて「社長室」のプレートがついたドアを開ける。部屋とは名ばかりの三畳ほどの間仕切りだ。

森野社長のデスクの前のパイプ椅子に妹さんらしき女性が座ると、凜華と草間は立って話すしかない。

「こちら社長の妹さんで藤井誠子さん」

「藤井です」

誠子は狭い間仕切りの中で立ち上がると丁寧なお辞儀をした。

「草間です」

それに応じて草間も深く頭を下げた。無口な社長に代わって凜華が説明を始める。

「草間さん、人員の補充が必要ということでしたよね？」

「はい、当面はわたし一人でこなせそうですが、元々は三人体制でやってきた仕事ですから、いずれその体制に戻していただければと思います」

「それで、この藤井さんのご長男にお願いするのはどうかという話なんですけど、どう思われますか？」

つまり社長の甥が入社してくるという話だ。草間にすれば社長の息子だろうと愛人だろうとどうでもいい。仕事が出来れば文句はない。

「ご本人は来られていないのですか？」

兄の会社に息子の就職を頼むのに、本人抜きというのはどうだろう。

「そうですよね、一度面接が必要ですね。ただ、今はお母さんだけご相談にみえたわけで、それには事情があるんです」

　黙ってこのやりとりを聞いていた誠子が、何事か決意したような表情を見せて語り始めた。

「事情というのはですね。うちの長男は、その、翔太といいまして、今二十三になりますけど、高校のときに不登校になりましてですね。まあ、引きこもりというのですか、家から出られない状態が続いて。いえ、親のわたしが悪いんです。夫もわたしも仕事をしていたので、目が届かなかったというか……」

「それはお母さんのせいではないですよ」

　凜華が声をかけると、誠子は座ったままでまた深いお辞儀をした。草間の中ではこの中年女性への同情の念が湧いていた。

「草間さんの方から何か確かめておくことはありますか？」

　凜華に促され必要なことを尋ねる。

「二十三歳ならどんな仕事でも覚えていただけると思いますけど、パソコンは扱えますか？」

「パソコンしか使えません。自動車の運転もダメなんです」

「そうですか、これまでの職歴は？」

「ないです。何もないんです」

どうやら、高校で不登校になって以来ずっと引きこもりでいるらしい。草間は梅津と樋口を思い出した。あの妙なというか、余計な自信は必要ない。むしろ邪魔だと思う。パソコンが扱えて、初めての職場で謙虚に学んでもらえるなら、伸びしろは彼らよりその翔太青年の方がありそうだ。

「社長、わたしの方は異存ありません。面接にしても社長は甥御さんということでよくご存じでしょうから、あとは社長と古澤さんでご検討ください」

「でしたら決定ということでいいですね」

ここでも凜華は話が早い。

誠子は草間と凜華、最後に森野社長と三度深いお辞儀をした。

「ありがとうございます。兄ちゃん、ありがとうね」

「いい、いいって」

森野社長は感謝する妹に対して居心地の悪そうな態度で応じた。

実際に藤井翔太が会社に姿を現したのはそれから三日後だった。それでも草間の予想よりは早かった。上出来と言える。何しろこの数年間自室に閉じこもっていた青年だ。外に出る決心をするまで何日かかかり、それから通勤用の服や靴を揃えるのにまた時間が必要だろうと見込んでいたのだ。

藤井翔太の姿は想像よりも数段いいものだった。肥満したボサボサ頭の青年が現れることを覚悟していたのに、日に当たっていない肌は青白かったものの、スタイルがよくて清潔感のある若者だ。好みにもよるだろうが、そこそこの美青年の範疇に入る。

それに声は小さくても挨拶はするし、問われたことには素直に答えてくれる。まあ、それがふつうと言えばそうなのだろうが、数年間他人とのコミュニケーションを拒否していた人物には見えない。

草間にとってはいいタイミングだった。梅津と樋口の残した仕事がほぼ形になっていたのだ。時間的精神的余裕が出来ていた。

パソコンの操作については翔太の実力は申し分なかった。

「勉強したんだね？」

そう問うと、

「はい、時間があったので」

答える声が言い訳をしているトーンだ。自室に籠もっている間、ゲームやネットサーフィンに明け暮れていたわけではなく、ちゃんと仕事で使えるスキルを身に付けていたのだ。それは立派だと評価できるのに、翔太は引きこもっていたこと自体を恥じているのかもしれない。ずっと一人でいた結果集中して勉強できたのだから、必要以上にネガティブに捉えることはない。これはいつか本人にそう伝えなければ、と草間は考えた。

翔太のデスクの後ろに立って凜華も見守っていた。

（これなら大丈夫）

目で伝えると、凜華も満足そうな笑みで応じて、一度社長室に入った。森野社長に報告するのだろう。

あと一人、今度は営業でも使える人材が欲しいものだ。「中野企画」では、これについては社長の中野に任せきりだった。そもそも梅津と樋口には営業の外回りは無理だったし、草間自身も営業的な動きをしないまま今日に至っている。仕事が決まってから先方との打ち合わせなどはスムーズにやれる自信はあるが、飛び込みで仕事を取ってくるには自分は力不足だと思う。

森野社長にはそこも期待できないから、誰か営業で活躍できる人材を獲得しておく必要がある。お得意様の何社かは中野社長が辞めた、と知れば契約を打ち切ってくる可能性もある。新規の取引先を開拓しておくべきだ。

（まずグループ内で仕事を回してもらうか）

草間は仕事の合間に富高興業グループ内の会社からホームページ制作などの仕事を回してもらえそうかどうか、検索をかけてみた。まずは田村社長の「田村貿易」からだ。「田村貿易」はネットで個人輸入を代行しているらしい。ネット販売の会社は大手がいくつかあるが、どんな業界にも隙間はあるだろう。そこに中小零細の割り込める余地があるということかもしれない。

ホームページによれば、キャンプ用品などを中心に輸入販売しているようだ。商品の値段と説明があるページを見る。

（あれ、この重さ間違ってないか？）

そこには、ハンモックとそれを支える鉄製の枠のセットが掲載されていた。アメリカ製らしくごつい印象の製品だ。

〈1000ドル。重さ5グラム〉

と表示されている。単純なミスだろう。キログラムとグラムの間違いだ。こんな初歩的なミスを犯すようなら、やはりこちらに任せてもらった方がいいような気がする。

草間はこのホームページの画面を凜華に見せた。

「森野社長から田村社長に言ってもらえば、話は早くないですか？」

「そうですね」

凜華も賛成してくれたものの、ちょうど田村社長は海外出張中で、この件の進展はなかった。田村社長は現地の企業と提携するとかで、何度かフィリピンに渡っているようなのだ。

「兄貴も一緒にどうだい？」

森野社長も誘われたようだが、これに乗らなかったらしい。その理由は存外しっか

りしたもので、

「まだ会社を興したばかりで、まず自分が仕事に慣れないと他社との提携どころではない」

ということだった。これは凜華の祖父である元親分に釘(くぎ)を刺されてのことらしい。

【森の石松が殺された夜】

まずは勉強だ、と森野社長は凜華に頼んで読書を手伝ってもらっている。これはなかなか微笑ましい光景だった。文字を読むのが苦手、特に漢字に弱く、熟語についてはさっぱりお手上げ状態という森野社長と一緒に本を読み、たまに朗読することもある凜華だ。

小さな会社だから、社長室の中の声は丸聞こえになる。草間は仕事に集中すると一切耳から音は入らなくなる性分で、それで何も不都合はない。だいたいが、社長が無口だから静かな職場で、いつもは社員の操作するパソコンのカチカチ、パチパチといった音が聞こえるだけだ。

だが、その日はさすがの草間も仕事を中断して顔を上げた。

「そ、そんなバカな話が、あ、あるわけない」

と大声で言う社長に、

「だって仕方ないじゃない。そう書いてあるんだし」

凜華が冷静なトーンで返している。

(そう書いてある?)

何か契約の問題でも指摘されたのではないか、草間はそこが気になった。以前に中野が交わした契約で今になって不都合の生じた案件かもしれない。

草間は控え目に社長室のドアをノックし顔を覗(のぞ)かせた。

「ごめんなさい。うるさかった?」

凜華がまず謝ってくれた。

「いえ、そんな仕事の妨げになったわけではなくて、もしかして前の社長の交わした契約が問題になっているのではないですか?」

凜華は一瞬きょとんとした表情を見せてから、

「あ、違うの。社長が読んでいる本についてちょっと」

と言った。森野社長は不機嫌そうに黙ったままだ。

「本、ですか?」

「そう、これなんだけど」

凜華が差し出した文庫本の、

【森の石松が殺された夜】

　という書名が目に入った。題名の横には作家の名が「結城昌治（ゆうきしょうじ）」と記されている。

「ああ、結城昌治ですか、父の書棚にあったな」

　草間の父親は読書家だった。通勤の電車内で文庫本を読む習慣があり、ときには帰宅後に残りのわずかなページに目を通し、書棚に戻す姿を見かけたものだ。そしてまた次の文庫本を鞄（かばん）に入れるのである。草間自身はその習慣を受け継ぐことはなかった。そこは時代の差だろう。

　その父の書棚にこの作家の名前が並んでいた覚えがある。

「この本がどうかしたんですか？」

　草間は凜華に尋ねたのだが、

「お、おかしいんだ」

　珍しく森野社長自らが答えた。これまでのところ凜華を通じての会話が主で、森野社長とダイレクトで話す機会はなかった。ひょっとすると挨拶以外で直接対話したのは初めてのことかもしれない。

「おかしいんですか？」

「うん」

「何がでしょう？」

「い、いや、だ、だって、い、石松が親分に、こ、殺されたってんだぜ」

「親分？　どこの親分です？」

「そりゃ、じ、次郎長親分だ」

「はあ、それはおかしいですね」

「だろう？　だろう？」

日頃、無表情な人だと思っていた森野社長だが、同意を得たのを喜んでいるのがわかる。

「でもね、この本にはそう書いてあるの」

凜華は社長の森野より草間に話すときの方が気を遣った口調になる。

「そうなんですか？　社長、世の中いろんな意見がありますから、この本はそういう見方をする人のものだと思えばいいんじゃないですか？」

「で、でも間違ってる」

森野社長は不満そうだ。

「はい、わたしも社長の方が正しいのだと思います」

草間は社長の目をまっすぐ見てゆっくり言った。森野はそれで納得したというか、少し照れているような表情になった。それは「正しい」という言葉への反応と思えた。

「ですから、ここはそう熱くなることはありません。世間は社長の味方でしょうから」

「うん」

これで気は収まったのか、森野社長は椅子の背もたれにその大きな体を預けた。

「ありがとう」

自分のデスクに戻ろうとした草間の耳元で凜華が囁き、草間は無言で頷いてそれに応じた。

転職の多かった草間だが、転居の経験はない。父が買った荻窪の建売で育ち、今もその家を相続して一人で暮らしている。

小さな二階建てだ。一階は八畳分のＬＤＫと六畳の和室、トイレと風呂場。二階は六畳二間にベランダ。一人暮らしには十分な広さだ。というより広過ぎて普段使わない部屋もある。一階の六畳は父の残した書籍が壁一面の本棚に並ぶ。それ以外にも押し入れの段ボール箱に大量の書籍があるが、父の死後もどうしても処分できなかった。いずれ自分も全部読もうと思いながら今日までほぼ手つかず状態だ。

草間には両親との思い出で悪いものは一切ない。いい家庭だったと思う。そこで育てられたことに感謝している。本棚に並ぶ背表紙は父の思い出と繋がり、いずれそれらを読んでいけば、かつての父の心境に近づけるのではないかと期待している。

結城昌治の本は確かにあった。【軍旗はためく下に】。題名が印象的だったので覚えていた。父は直木（なおき）賞作品に関しては必ず読んでいたようだ。

【軍旗はためく下に】を覚えていたのは、珍しく父が草間にこの本のことを語ったからだ。ふだん、自分の読んでいる本のことを話題にすることはなかった父なので、殊更印象に残っている。

「死んだお前の祖父（じい）ちゃんに、この本に書かれているようなことを聞いたことがある」

そんな話だ。

祖父は草間が生まれた月に亡くなっているから、残された写真でしか知らない。

「あと三週間頑張れば初孫の顔を見られたのに」

父はずっとそう悔やんでいたから、祖父とはいい関係であったようだ。

【軍旗はためく下に】は南方の戦線で終戦後に軍法会議も受けずに処刑された兵隊の話だ。祖父は自分の中隊で終戦後に処刑された兵隊がいた話をよくしたらしい。それは終戦記念日が近づくと必ず、といった頻度であったようだ。

「戦闘中伝令をして帰ってきた兵隊にもう一度伝令に出るよう命令が下った。九死に一生を得て往復した道を再び辿（たど）れという命令だ。よほど嫌だったのだろうな、その兵隊はジャングルの中に逃げて、しばらく見つからず、他の兵隊が伝令に出された。戦闘が終わってからその兵隊は現れた。『なんだ、いたのか』みたいな感じで、誰も叱りやしなかった。それがポツダム宣言受諾の報から数日たった朝食中に、敵前逃亡の罪で処刑との連隊長命令が伝えられた。本人は『冗談でしょう？』と言った。一人の曹長が拳銃で撃って殺した。あの連隊長の命令はおかしかったよ」

刑の執行人となった曹長は戦後、かつてその連隊のあった町でタクシーの運転手をしている、という話もして、祖父は処刑された兵隊だけでなく、その曹長にも同情しているようだった、と父は語った。

この話の印象が鮮烈で、草間は結城昌治の名を記憶に留めていたのだ。

祖父から直接話を聞いた父にとっては深く刻まれた著者名だったのだろう、父は結城昌治の本は必ず購入していた。

「！」

本棚に並んだ結城昌治の著書の中に【森の石松が殺された夜】があった。

父の読書タイムは通勤の電車内が主だったが、たまにこの六畳の部屋で座ったり寝転んだりして読み耽っていた。

草間はかつての父の姿を思い出しながら、それと同じ姿勢で【森の石松が殺された夜】を読み始めた。薄い文庫本に三作品が収められており、それぞれそんなに長いものではない。その最初に収載されているのが「森の石松が殺された夜」だ。

面白い。ただ、確かにこれまで知られた「森の石松」の物語とは違う。第一、石松が魅力的とは言い難い人物に描かれている。喧嘩っ早いのはイメージ通りだが、喧嘩に至る事情がよくない。博打で負けるといきなり暴れて賭場荒らし。これは無茶苦茶だ。絶対に博打で損しないやり方だが、卑怯なこと極まりない。

ふだん「石松」と呼ばれて悦に入っている森野社長にすれば、この部分からしてすでに面白くないだろう。

草間の興味を惹いたのは、作者の取材で明かされる事実だ。

草間も次郎長一家の物語に詳しいわけではない。だが、それでもこの作家の説が異端であるだろうとは認識できる。第一、石松殺しの下手人が次郎長一家だというのだ。

ネットで「森の石松」と検索をかけると、世間で通っている石松の物語がわかった。

「病で妻に先立たれたばかりの次郎長と共に宿敵を討ち果たし、親分の御礼参りの代参で金比羅さんに出掛けた帰路、方々から預かっていた次郎長への香典を狙った侠客の都田の吉兵衛（講談や浪花節では「都鳥」とされる）に、遠州中郡にて騙し討ちに遭い、斬られて死亡した。吉兵衛は翌年、次郎長によって討ち果たされている」

子供の頃観たドラマで断片的に記憶に残っているシーンがぼんやりと繋がってきた。ところが結城説では、石松は当時二十六歳で清水一家に入って一年目のルーキーだったとされている。そんな新入りに親分の代参をさせること自体そもそも不自然だ。

そしてこれまで石松殺しの下手人とされてきた都田の吉兵衛の殺人の動機に疑問符をつけている。石松の預かっていた香典は銀二十五両だという。大金とはいえ、バックに清水一家がついている石松を殺すのはリスクが大きかったはずだ、というのだ。

では次郎長が石松を殺す動機は？

そこも結局金や利権だろう、と作者は匂わせている。

その翌日から草間は「勉強」を始めた。次郎長映画を借りてきては鑑賞したのだ。【森の石松が殺された夜】のストーリーで森野が怒っているのは確かだが、オリジナルの方をもう少し知らなければその怒りを理解できない。

この「勉強」はなかなか楽しいものだった。

古いモノクロ映画から最近の『次郎長三国志』まで鑑賞すると、森野の憧(あこが)れる気持ちがわかった。そこで描かれている清水次郎長は正義のヒーローで、その子分たちとの関係も理想的だ。こういうのをチャンバラ映画と呼ぶのだろうか、どれも痛快なストーリーで単純にスカッとする。この物語が長きに亘(わた)って浪曲、演劇、映画で大衆に愛されていたのは納得できる。

この世界に浸ってきた者に【森の石松が殺された夜】は禁物だろう。

(そりゃ怒るはずだ)

草間はそう思い、森野の頭の中にある理想の侠客像がどういうものなのかを理解した。

森野は腹を立てていた。

社長らしくなるために本を読めと言われたから始めた読書だ。いい歳をして似合わない真似をすると笑われそうだが、それでもはじめのうちは面白かった。映画や浪曲で知っていた森の石松の物語をあらためて文字で追いかけるのは楽しかった。映画では派手な立ち回りになったところだけ覚えていたものだが、本で読めば、

(ああ、そういうことだったのか)

とそこに至ったいきさつを知って納得するのだ。凛華の助けを借りて、なんとか一度読み、続けて一人で読み返す。もう遠ざかって四十年以上になる「勉強」というものとの再会だ。こんな勉強ならもう少し頑張れたのに、とぼんやりと思った。

本を読むときには、物語の中の情景が映画を観るように頭に浮かぶ。

登場人物のキャスティングは決まっている。当然森の石松は森野自身だ。これは譲れない。次郎長親分は吉良元親分で大政は小川の兄貴だ。これも完全に森野の頭の中では固定されている配役だ。小川の兄貴も喜んでくれているに違いない。

頭の中のスクリーンでは、縞(しま)の合羽(かっぱ)に三度笠、粋(いき)な振り分け荷物の渡世人が、清水の茶畑の小道を一列になって進む。茶摘みの娘たちが手を振る中、次郎長一家は足早に去って行くのだ。

そうやって機嫌よくやってきたところで、この【森の石松が殺された夜】に出くわ

した。

長年聴いてきた浪曲、観てきた映画とまるで違う。吉良元親分と小川の兄貴に自分が殺される場面は、ゾッとするほど不愉快だった。

社員の草間は森野の知っている石松の物語が本当だ、みたいなことを言ってくれた。それには救われたが、それでも腹の虫は治まらない。

しかもまたさらに気に食わないことには、この短い物語を何度か読み返すと、どうにも変な具合だが面白いのだ。

そう、森野はそのことに一番戸惑っていた。結城昌治の描く渡世人の話に魅力を覚えてしまう。

（ちくしょう、何だこんなもの）

と思いながら、ついつい物語の世界に引きずり込まれてしまう。

凜華も、

「これ面白い」

と言った。

「江戸時代の渡世人の世界ってこんな感じだったんだと納得した」

そうで、「すごくリアル」なんだという。どうやら、本物っぽいと言いたいらしい。

悔しいが森野もそう感じている。

なので、なおさら物語の結末が気にいらない。

本来悪役のはずの都田一家が被害者にされていて、次郎長一家がとんでもない陰謀を巡らせたことになっている。

そして何より森の石松がどうしようもなく迷惑な男に描かれている。いや、馬鹿なのはいい。馬鹿は死ななきゃ治らないって石松のことだ。だが、これまで思っていたのと、何というか、馬鹿のタイプが違う。向こう見ずで、腕と度胸じゃ負けないけれど、人情が絡むとほだされる、というのが石松のはずなのに。

そんなことをつらつら考えていられるのも、生活のペースが変わったからだ。手配師をしていた頃は、朝は早いし、帰宅するのは暗くなってからだった。

元々読書する気はなかったにしても、その時間もなかったのだ。そのうえ体力的にも余裕はなかった。

贅沢させてもらっている。

会社が用意してくれたマンションは丸ノ内線西新宿駅の近くで、玄関を出て十五分で会社に着く。だから朝はゆっくりできるし、陽のあるうちに帰宅できる。部屋も小綺麗で明るい。かつての高田馬場の陽の当たらない古いアパートとは雲泥の差だ。

しかし、自分から望んだ贅沢ではない。別に愛着はなかった前のアパートが時々恋しくなる。長年住んでいたから身に馴染んでいたのだろう。それと比べて、今のマンションは何かよそよそしい。

最初ここに住めと言われたときには、ありがたい話と思ったが、このマンションは富高興業の名義になっていて、その家賃の二十四万円を会社と森野で折半している形だ。家賃を払うなら前のアパートのままでもよかった。だが、役員手当を月六十万円に設定してくれているから不満を言い立てることもないだろう。

昔から金のことに関しては、森野は言われるままだ。金儲けの才覚が自分にないのはハナからわかっている。それに任侠に生きる者が金に汚いのはダメだと思う。昔小川の兄貴と一緒に観た任侠映画では、主人公は金儲けに走ったワルと戦うのが常だった。だが、この金に無頓着な姿勢については、

「社長がそれじゃダメなのよ」

と凛華に説教された。言い返すにも言葉がなくて黙って聞いた。

専務と呼べという辻谷の兄貴には、

「なーに、社長ってのは親分だ。昔から言うだろう？　親分は神輿だ。担がれてりゃいいんだよ。社員が頑張って働いてくれる。石松も黙って担がれてりゃ、俺たちの方で悪いようにゃしないさ」

と言われた。

本音を言えば凜華の方が正しい気がしている。辻谷の兄貴はどうも昔から信用する気になれない。「悪いようにしない」というのがまず怪しい。世の中の社長さんたちは、凜華の言うように金の計算を常にしていると思う。そういう努力なしには人の上には立てないはずだ。

フィリピンから帰ってきたタケが土産持参でマンションに遊びに来た。さっそくこの件について尋ねる。

「タ、タケ、しゃ、社長の仕事はどうだ？」

「いや、兄貴も同じだと思うけど、なんかハンコ押すことが多いよ。一応、俺も中身読んで押してるんだけど、辻谷の兄貴には『いいから、サッと済ませろ』ってせっつかれるよ。貧乏続きのうちの親父がよく言ってたんだ。『ハンコ押すときゃ気をつけろ』って。親父は昔それで大変な目に遭ったんだと。やっぱ、なんだね、兄貴。おりゃあ、社長ってガラじゃないよ」

とりあえずは森野と似たような日常らしい。それでも今のところは大過なく来ているから、富高興業の方でうまいこと会社を回してくれているのだろう。それはそれでありがたいことだ。

「で、フィ、フィリピンはどうだ？」

「ああ、今回三度目だったんだけどね。どうも、俺なんかいなくたって話は進むんだ。

向こうの会社と共同でマニラの郊外にショッピングモールを建設しようって話なんだよ。とは言っても、物価も賃金も違うから日本でやってるまんまとはいかない。で、細かな相談をしてるよ」

「む、向こうで、あ、遊んでる暇は？」

「そりゃあるさ。ずいぶん色んなところに飲みに連れてかれたし、風俗みたいなとこにも行った。だけどあれだ、俺はあまり遊ぶ気になれねえよ。家が貧乏だって娘が多くて、それを言っちゃあ失礼だ、って説教もされたんだけど、可哀そうなんだよ、兄貴。なんかうちの妹のこと思い出しちまう。で、あまり気が進まなかったな」

タケは元々こういうところがあった。ふだん屈託なく遊んでいても、ふっと気弱な表情を見せるのだ。仲間に、

「タケ、ヤクザに向いてねえな」

と、からかわれる始末だった。

森野がタケと気が合うのは実はそんなところが共通するからではなかろうか。とりあえず二人とも借金の取り立てには向いていない。

「でも、兄貴、フィリピンもいいとこあるぜ。第一、こっちが寒い時分にあったけえのがいいや。今度一緒に行こうよ。仕事だって兄貴の森野企画が絡むこともありそうなんだけどなあ」

きっとフィリピンの旅では、タケは寂しい思いをしているのだろう。

タケはよくしゃべる男だ。それで無口な森野と相性がいいのかもしれない。思えば、死んだ小川の兄貴も話し上手な人だった。そういう話の面白いタイプのヤクザはいる。きっと他の商売でも重宝されると思う。森野のようなタイプはダメだ。他の職業ではまず通用すまい。自分でそう思う。

基本的に森野自身は口下手な分、聞き役に徹するのだが、どういうものか辻谷や鈴木の話を聞いているのは苦痛だ。小川の兄貴と辻谷の兄貴は口が達者なところは似ているが、何かが違う。タケと鈴木もそうだ。一方とはウマが合うのに、他方とはどうにも反りが合わない。

弁の立つタケは、社長として交渉や売り込みで少しは成果を上げているのかと思いきや、そんなことはないらしい。

「いや、俺もまだ勉強中だよ。今は辻谷の兄貴の指示通りにやってるだけだ」

社長業では少しだけ先輩格のタケだが、今の段階では森野と大差ない立場とみえる。

森野はようやく森野企画の業務がどんなものかわかり始めたところだ。これも情けない話だが、何しろすべて急なことだったからそれも致し方ない。

草間が見せてくれたホームページの画面で、自分の会社の仕事内容が理解できた。

「ホームページを作るのは作業としてはそんなに難しくありません。要はセンスです。

クライアントに満足していただけるものを作れば、続けて仕事が入ります。ただ、最初はこちらから売り込む必要がありますから、営業のできる人が欲しいんです」

この草間の言い分もわかる。さっそく、

「営業担当を雇いたい」

旨を辻谷に伝えるとすぐに返事があった。

「いい人材がいるから回す」

小川剛明

「おはようございます」

営業を担当する社員が現れた。

小川剛明（たかあき）三十五歳。

凜華から聞いた話だと、森野社長が昔世話になった人の息子で、元ホストということだ。確かに、

「今日からお世話になります」

最初の挨拶（あいさつ）から接待業経験者らしくいい感じで、これなら営業を任せられそうだ。

初日はまず森野企画の仕事を知ってもらう。商品を知らずに売り歩くわけにもいか

ないから当然だ。

これまで手掛けたホームページやパンフレットを見せて説明する。その合間に世間話もした。

「社長とは長いんですか？」

「知り合ってからですか？　ほぼ自分が生まれたときからですね」

「へえ」

「わたしの父はヤクザで、草間さんはご存じかどうか、ここの社長もヤクザです」

「知ってます」

「見りゃわかりますよね。で、うちの父が兄貴分だったらしいんですけど、父はわたしが五歳のときに殺されまして」

小川のしゃべり口は世間話のトーンのままだが、草間は思わず聞き返してしまった。

「殺された？」

「はい、どこかの誰かに刺されて。ヤクザですから仕方ないですね」

これも天気のことを話題にしている口調で屈託がない。

「いやいやそれは……」

「でまあ、それからしばらく、ここの社長とも、富高興業の関係者とも縁がなかったんですけど、数年前に縁が復活しまして」

「はあ、というと」

「借金です」

「借金？」

「はい、ホストをやってるときに金に困りまして、富高興業傘下の街金に借りました。で、それが焦げ付いて、働け、と。で、ここに」

どうやら借金のカタでの労働らしい。まあ、元々が賭けゴルフのカタに取られた会社だ。それもありかもしれない。要は仕事さえしてもらえれば文句はない。

「で、こういうホームページや紙のパンフなんかを作りますけど、ってことで飛び込み営業かければいいわけですね？」

小川は仕事の話に戻った。

「そういうことです。でもいきなり飛び込みで仕事を取って来るってのもハードル高いでしょうから、今関係している会社を辿っていく手もあるとは思います」

草間はパソコンのモニターに取引先の一覧を出した。藤井翔太青年にも見てもらう。

「それと富高グループに属する会社にも仕事を貰えるかと思うんです。ほら、この会社が富高グループに加わったのはごく最近で、いわば新参者ですから、これまでは自分たちでホームページを制作したり、他の業者に頼んだりしていたところもあるみたいです。例えば、ここ」

草間は「田村貿易」のホームページを開いてみせた。

「ここは個人輸入を代行しています。うちとは社長同士仲がいいので仕事の話もしやすいと思いますよ」

「社長同士が兄弟分ですからね」

小川は草間よりも内部事情に精通しているようだ。

「そうみたいですね。でね、ほらここのところ、商品の紹介なんですけど、このハンモックとその台、『5グラム』ってなってますよね？ これ単純に単位を間違えているんですよ。どう考えても『キログラム』でしょう？ こういう単純なミスをするようなら、うちに任せてもらった方がお互いのためだと思いませんか？」

ここまでの説明を受け、小川はしばし黙った。モニターを見つめて何か考えを巡らせている様子だ。草間と翔太もそれを黙って見守った。小川は二、三度細かく頷くと口を開いた。

「見せていただいた情報はわたしのパソコンでも確認できるわけですね？」

「もちろん」

「ありがとうございます。わたしなりに作戦を練ってみます」

そこからは各自黙々と仕事をしていると、

「皆さん、今夜は特別な用事がありますか？」

社長室から出てきた凜華に問われた。社員三人互いに顔を見合うちょっとした間があり、

「わたしは別に何も用事はありません」

まず草間が答える。

「わたしも特別な用事はないです」

小川が続き、藤井青年も、

「ありません」

短く答えた。

「よかった。社長から、しばらくはこのメンバーだけで頑張っていただくので、親睦(しんぼく)を深める意味で今夜は一緒に食事しましょうということなんです。社長の奢(おご)りです」

「それはありがたいですね」

ここは草間が代表して応じる。

「皆さん、焼肉でいいですか？」

凜華に問われて、今度は三人同時に頷いた。

その晩は会社の近くの焼肉屋「千里(チョルリ)」での会食となった。

森野社長は上機嫌だ。社員の顔ぶれが嬉(うれ)しいらしい。一人は自分の甥(おい)で一人は兄貴分の忘れ形見、そして元親分の孫。草間だけがいわばよそ者だが、元からいた社員だ

から、森野社長からすれば逆に自分たちが新入りということにもなろう。吃音を気にしてか無口な社長も、みんなが和気あいあいと飲んで食べる様子を満足気に眺めている。

小川は流石に接待業の長かった人らしく、

「ビールでいいですか?」

などと誰かの前の空になったグラスを目ざとく見つけては声をかけてくれる。これは営業としては必須の能力だから頼もしい限りだ。

一方藤井翔太青年はこういう席には不慣れなのが一目瞭然だ。高校時代に引きこもりだしたというから、たぶんアルコールの入る会食は初めてだろう。とはいえ、少人数ではあるし、当人の事情を知る者ばかりだから過度には緊張している様子はない。むしろこの初体験を楽しんでいるようで、口数の少ないこの青年が目を輝かせている。

「小川さんは今どちらに住んでるんですか?」

自然な会話の流れでそんな質問をすると、

「新宿か渋谷近辺のカプセルホテルです」

小川は屈託ない表情でさらりと答えた。

「カプセルホテル? 決まった宿はないんですか?」

「そうですね、住所不定ってやつです」

あまりイメージのよくない言葉が返ってきた。

「ご実家は？」

「母は今祖母と一緒に北九州で暮らしてます。母の実家ですけど、そこが自分の実家みたいな感じですかね。父と母の結婚に反対していた祖父が亡くなってからは、母と一緒にわたしもそこにいましたから。北九州には高校を卒業するまでいました。それから上京したんです」

「しかし、今住まいがないのは不便でしょう？」

「それも自業自得です。家賃を払えなくなりましてね。家財道具も大したものはなかったんで、とりあえずマンションを出てカプセルホテルやマンガ喫茶に泊まってます。女に世話になるとそのままズルズル抜けられなくなりますからね」

流石に元ホストというべきか、女性との関係にはどこかで一線を引く主義のようだ。

しかし、夜毎宿代を使うのはもったいない。

「これから貯金して部屋を見つけるわけですね。それならしばらくうちに泊まってはどうですか？」

「草間さんのお宅に？」

「ええ、荻窪ですから近いですよ。一人暮らしなので、一軒家ですから部屋は余ってます。ホテル代を払うよりそれで貯金してアパートを探した方がよくないですか？」

「はあ、それはまあそうですけど、今日お会いしたばかりでそれは……」

「いえ、同僚ですから身元はお互いはっきりしてますし」

「それは助かりますけど、あの、ちょっと聞いていいですか？」

「何でしょう？」

「草間さんは、ゲイじゃないですよね？」

「違います」


その夜、草間は小川と一緒に帰宅した。

草間はほとんどの時間を、二階にある子どもの頃からの自室で過ごしている。トイレ以外で一階を使うのは風呂（ふろ）に入るのと、朝キッチンのコーヒーメーカーで淹（い）れたコーヒーを、ダイニングテーブルで飲むぐらいのものだ。夕食はほぼ外食で済ませるから夜ダイニングに用はない。

「なので、一階で気兼ねなく」

小川には一階の父の本が置かれている部屋に布団を敷いて使ってもらう。これで半年か一年いてもらっても構わない。それでワンルームマンションを借りられるぐらいの金は貯まるだろう。

草間は、森野企画が違法なビジネスに足を突っ込むのを出来るだけ早く知るために小川の近くにいたかった。この家で二人だけになれるから、会社で聞けないことをその夜のうちに確かめられる。

森野社長はそんなに悪い人とは思えないものの、そこはヤクザだ。中野企画のときと変わらぬ業務が続くなら文句なく働くつもりだが、会社として何かの悪事に関わる気配があればすぐにも逃げ出したい。

営業を任される小川は外回り中心で、一日社内にいた草間と夜情報を擦り合わせることは彼にもメリットがあるはずだ。

こうして小川との二人暮らしが始まった。予想通り小川は寝るだけのために帰るような毎日で、草間の生活に特別大きな変化はなかった。たまに一階のリビングで話すときも、嫌な感じではない。どちらも変に気を遣っているわけでもなく、いいリズムで会話できる。

小川は優秀な営業マンで、入社した次の週には新規の契約を取ってきた。それも中野企画の頃には聞かなかった金額の大型契約だ。それでも、

「いや、ちょっとした知り合いがそこの社内で強い立場にあったものですから、鶴の一声っていうやつです」

本人は涼しい顔で、それがまた「出来る男」の証(あかし)に見えた。

共同生活

　小川が草間の家で暮らし始めて十日ほどして、

「あの、草間さん、ちょっといいですか？」

　凜華があらたまった口調で声をかけてきた。

「何でしょう？」

　昼休みで森野社長と藤井青年は外に出ていた。小川は外回りだし、社内には二人しかいない。

「藤井君のことなんですけど」

「はあ」

「草間さんとはうまくいってますか？」

「ええ、仕事は非常にやりやすいです」

「彼の性格についてはどういう印象を持ってます？」

「いや、長いこと引きこもってたと聞いてましたけど、想像していたタイプと違ってホッとしてます」

「ろくに挨拶（あいさつ）も出来ない変人が現れると想像してたんですか？」

「まあ、それに近い想像をしてましたが、きちんとしてますしね」

「というと人間的にも抵抗ないということですよね？」

「ええ、そうです」

草間の言葉をかみしめるように何度か頷くと、凛華は小さく姿勢を正すようにした。何か重要なことを切り出す雰囲気だ。

「実は彼、一度も実家を離れたことがなかったんですけど、今回家を出る決意をしたようなんです」

「ほう」

それは家族にとっては嬉しい話だろう。長年自室から出るのも拒んでいた息子が独立の決意をしたのだ。世間一般からすれば若干遅い決意かもしれないが、歓迎すべき変化である。

「ただ、親御さんもいきなりの一人暮らしには多少不安らしいんです。ほら、頑張るのはいいんですけど、一気に何もかも変えていくとバグる可能性もあるじゃないですか？　草間さんもそう思いません？」

「そうですね、急な変化より徐々に慣れていく方が何事も長続きするでしょうから」

「ね？　草間さんもそう思いますよね？　で、今草間さんのお宅に小川さんがお世話になっているそうですけど、藤井君も一緒にお願いできませんか？」

「え？」

「いえ、ただとは言いません。お家賃も入れるので、ほんのしばらくの間」

小川の場合は草間から誘ったものだが、それは草間にも情報共有したいという目論見があったからで、別に下宿屋を始めようというわけではない。

「それはちょっと……」

「お願い」

それまで事務的な口調だった凜華が突然「お友達モード」で手を合わせてみせる。

凜華は裏のない人間だ。それは社長とのやりとりを傍で見ていて感じる。しかし、もしかすると藤井翔太を草間たちのお目付け役というか、あからさまに言えばスパイとして送り込んでくるつもりなのかもしれない。草間はそれを警戒したが、答えを迷ったのは一瞬のことだった。

「わかりました。小川さんも藤井君もそんなに長い期間にはならないでしょうし、わたしは構いません。ただ、二階の部屋を彼用に整理するのに時間をください」

草間はその作業にこの週末を費やそうと考えた。しかし、

「藤井君も寝具と着替えぐらいしか持ち込まないですから、そんなに気を遣わないでください。というか、それ、わたしもお手伝いします」

「え？」

「草間さんのお宅にうかがいます」

結局凜華に押し切られ、その日仕事帰りの草間と凜華は一緒に荻窪行の丸ノ内線に乗った。

草間が翔太を受け入れる気になったのは、彼に小川との会話を聞かれても別に後ろ暗いことはないと気づいたからだ。何かを企てるのは草間と小川の側ではない。会社側におかしな動きがあった場合に情報を交換しようという話だ。翔太も社長の甥であっても本人はヤクザでも半グレでもない。引きこもってはいたが至って真面目な青年で、会社が違法な仕事に手を出そうとすれば、草間たちの側につくタイプだと思う。

草間の家はJR中央線の荻窪駅と西荻窪駅のちょうど中間あたりにある。どちらの駅からも歩いて十五分程度だ。荻窪からだと環状八号線を渡ることになるため、生活圏としては西荻窪の方が幼い頃から身近に感じられていたが、今は丸ノ内線を利用する関係で通勤には荻窪駅を使う。

荻窪駅に着き、地上に出て少し歩き環八を渡ると静かな住宅街だ。

歩きながら凜華に色々聞かれた。両親のことや出身校のことなどだ。答えるたびに凜華自身のことも語ってくれる。

その話を総合すると、草間とほぼ似たような家庭環境で凜華は育ったようだ。母親の実家はヤクザの一家だったわけだが、そんなことには影響されず、凜華はごく平均的なサラリーマンの家庭で育ち、都内の高校と大学を卒業している。草間はそのどちらの卒業生にも知人がいて親しみがあった。

「その点、うちの母は面白いですよ。ちょっと可哀そうにも思えるけど、母は子どもの頃、男の人はおとなになるとみんな体に色が出てくると思ってたんですって」

「色?」

「そう、ほら入れ墨」

「ああ、そういうことですか」

「周囲はみんなヤクザですからね」

「それはそういう家庭ですから仕方ないですね」

そんな話をしているうちに自宅に着いた。

「この部屋なら使ってもらえますけど」

草間は二階の使っていない方の部屋を見せた。結構散らかっている。元々は両親の寝室だった部屋だ。一人暮らしには今使っている寝室と一階のリビングダイニングだけで用は足りていたから、この部屋はほったらかしで、普段あまり使うことのない物のとりあえずの置き場所になっていた。

「これなら十分です。さ、片づけてお掃除しましょう。草間さんは見ているだけでいいですから」

そう言うなり凜華はてきぱきと動き始めた。

言われたままにただ作業を見ながら、

「これはどこに置きますか？」

「これはもう捨ててもいいですね？」

などの質問に応じているうちに瞬く間に部屋は片付いていき、最後に凜華が掃除機を使って綺麗（きれい）にすると、一人分のねぐらとしては申し分のないスペースが出来上がった。

その週の土曜日に、藤井翔太はホームセンターで買い求めた新品の寝具と共に引っ越してきた。

凜華は翔太の部屋だけでなく、トイレ、バスルーム、洗濯機の置かれた洗面所にも小さな棚などを並べて男三人の共用に便利な工夫をしてくれた。

「いいんですか？　勝手なことされて。って俺が言う立場じゃないか」

作業中の凜華を見ている草間の横で、小川が小さな声で言った。

「いや、元々両親と暮らしてた頃も俺のスペースは自分の部屋だけだったし、こうして暮らしやすくしてもらえて逆に助かったよ。俺はどうもこういう整理の仕方がわからなくてね」

「別にそんなにひどく散らかってたわけでもないでしょう？」

「うん。一人じゃそんなに物もなかったからね」

「なんだか社員寮みたいになってきましたね」

「だな。でもまあ、賑やかでいいよ」

森野社長のポケットマネーで二人分の家賃として毎月八万円入れてくれるという。無愛想に見える社長だが、自分の懐を痛めてまでして社員みんなのことを考えてくれるのはありがたい。社員側は三人とも助かる形だ。それに、未来永劫この二人と暮らす話でもないから草間には何の不満もない。

それから始まった男三人の生活に大きな問題はなかった。三人とも静かな方で、たまにリビングで話すときも議論が熱くなることはない。スポーツ中継を一緒に観ながらビールを飲むこともあった。学生時代に戻ったようでそれも楽しい。

仕事中にはわからないそれぞれの性格も見えてきた。草間と小川が似ているのは、他人を受け入れるところだろう。誰であろうと苦手なタイプと決めつけることなく、

（ま、そんな人もいるさ）

と容認して当たり障りのない会話を続けることができる。

翔太は、そこが苦手で引きこもりに至る事態になったのかもしれない。きっと苦手なタイプに出会うと拒否反応が過剰に出てくるのだろう。誰でも受け入れる草間と小川と一緒であれば、彼も居心地よくいられるはずだ。

三人は互いの生活習慣や嗜好に干渉することはなかった。本来なら家主である草間に合わせるのが筋なのかもしれないが、草間自身がそんなことを気にしない。

凜華はしばしば訪れ、そのたびに家の中が綺麗になり、便利になっていった。

ある土曜日、朝から外出していた草間が午後になって戻ると、家の門から玄関までの通路に小さなプランターが並び可愛らしい花が出迎えてくれた。見ると三坪ほどの小さな庭も雑草が抜かれ綺麗に掃かれて、新たに草間の知らない植物が植えられている。

「ただいま」

「おかえりなさい」

翔太はリビングのソファでテレビを観ており、小川はキッチンのコーヒーメーカーを操作していた。

「庭の花は凜華ちゃんだよね？」

「そうです、古澤さんが一人でやってました」

翔太が答える。

「なんか家自体が若返ったようだよ」

「へえ、まだちゃんと見てないんですけど、そうですか」

そういう小川は休みの日には正午前後まで寝ている。昨夜も帰りが遅く、ようやく目覚めてのコーヒーだろう。

「今夜はみんなで鍋にしよう、って古澤さんが今買い物に行ってます」

翔太だけ凜華と顔を合わせたようだ。

家の中もまた手を加えられたのか、小綺麗になっている。ちょっとした変化にしても、草間にはできなかったことだ。凜華はそういうセンスに恵まれているようで、会社の方も「中野企画」の頃より遥かに綺麗なうえに機能的になってきている。

ガチャリとドアが開き、

「ただいま」

買い物袋を持った凜華が現れると、

「おかえりなさい」

小川と翔太が応じた。

ただいま？　おかえりなさい？　それでいいのか？

些細だが重大とも思える疑問が草間の中に生じたが、三人は和気あいあい、ダイニングテーブルの上に買い物袋の中身を広げ、冷蔵庫に入れるものとその他を仕分けている。

「草間さん、今夜はみんなで鍋にしましょう」

そう明るく声をかけられては、

「いいですね」

　としか応じようがない。だが、

「凜華ちゃん、なんか家のことも色々やってもらってありがとう。何かとお金もかかっているでしょうから、まとめて請求してください」

　お金に関わることだけはきっちりさせようと思う草間だ。

「あ、でも、そんなにかかっていないし、それに勝手にわたしの趣味でしたことだから」

　凜華は取り合わない。

「いや、そういうわけにはいきません。社長からも家賃としてお金をいただいてますので、その中から払いますよ」

「うーん、じゃ、この次から。これまでのところは、ほんとにわたしの一存で草間さんの許可も得ずにやったことですから、これからはちゃんと事前に打ち合わせして、買い物したときには領収書をお渡しします」

「それでお願いします。で、今日の鍋も割り勘で」

「え？……小川さんと藤井さんもそれでいい？」

「もちろん」

　二人も頷く。

「ごめんなさいね、わたしが勝手に先走っちゃって。でもわたしいつもこんな感じなの」

凜華は照れたように笑った。

こんな感じ、とはお節介だとか独断専行と言いたいのかもしれないが、そんなに悪いことには思えない。むしろ草間は助かっている。

表が暗くなった時分からダイニングテーブルに置いたガスコンロに鍋をのせた。

この家で人と鍋を囲むのは久しぶりだ。両親が健在だった頃の暮らしを思い出す。

一つの鍋をつつき合っていると、自然に和んで会話も弾む。アルコールも程よく回り、やがて、お互い聞きづらかったことにも踏み込んでいった。

「草間さんはどうして森野企画に勤めることになったんですか？」

小川はずっとそれを聞きたかったらしい。

「いや、元々あの会社は別の社長が創業したもので、そこに勤めていたからそのままいるだけですよ。わたしが入ったときは『中野企画』って名前でね。社長は大学時代のクラスメイトで中野君っていう人だったんだけど」

「はあ、それが富高興業に吸収されたわけですか？」

この辺のいきさつは聞かされていないらしく、小川以外の二人も興味津々という表情だ。

「吸収された、というのかな、賭けゴルフのカタで取られたということだよ」

ああ、と聞いている三人が一斉に納得の声を上げた。

「流石ヤクザ」

小川もここでは遠慮ない。

「でもこれで謎が解けました」

小川は草間に少し警戒していたことを打ち明けてきた。

「え？　俺のこと怖い人だと思ってたの？」

そんな目で他人に見られていたのは、おそらく生まれて初めてのことだ。

「ええ、ヤクザの会社に勤めているからには、いざとなったときにはドスの一本も持ち出して暴れ回る人かもしれないって」

「ひどいなあ、そんなこと出来る男じゃないよ」

みんな笑っているが、小川にとっては真剣な悩みだったのかもしれない。

「でも、こうしてお宅でお世話になってからも、それらしい痕跡がみつからないんで……」

「え？　痕跡って、ヤクザの痕跡？」

「はい」

「何があればヤクザの痕跡になるんだ？」

草間が笑えば、言い出した当の小川も笑う。

「前の会社のその『中野企画』でしたっけ、他の社員はどうしたんですか？」

「森野企画に残ろうと思えば残れたんだけど、俺以外は辞めてしまったんだよね」

「条件が悪くて？」

「いや、条件は以前と変わらないけど、その、『あれはヤクザだ』と言ってね」

「あれ？」

「面接のとき会った富高興業の重役のこと」

「まあ、ふつうに見れば雰囲気でわかりますよ。草間さんはわからなかったですか？」

「いや、俺も薄々察しはしたけど、それは辞める理由にはならないと考えて。それ、早というのは重役がヤクザっぽいということね。俺はそれまで転職が多かったので、早まった決断を下すべきではない、と考えたわけ」

「それは判断ミスでしょう。辞めた人の方が正解ですよ」

「そうかな？　俺は転職の多かった反省から、ここは一つ我慢だ、と思ったんだけど」

「ハハハ」

小川が心底愉快そうに笑うと、藤井と凜華も笑った。

「我慢するタイミングを間違えましたね」

小川は同情している目だ。

「そういうことになるかな？　でもまあ、これまでのところ前の仕事と何ら変わらないしね。それに、みんなともうまくやっていけそうだから」

「それはそう、それはそうよ」

頰をほんのりピンクに染めた凜華が上機嫌で言った。

「なんかいいメンバー揃ったな、って思ってるの、わたし」

今のところこの意見には同意できる。梅津や樋口と働いていたときよりずっと居心地よい職場だ。

翔太はまだ酒を飲むことに慣れていない様子だが、小川が上手く勧めるのでこれも赤い顔になってきている。

「藤井君はどうして引きこもりに？　いじめに遭ったとか？」

草間はこれまで遠慮してきた質問をしてみた。自分や小川が率直に話しているのを聞いていて、翔太の気持ちもほぐれているというか、自分から語りたい気分ではないかと感じたのだ。

「いや、いじめに遭ったわけではないです」

予想通り、翔太は表情を硬くすることなく、自分の過去を語り始めた。

「高校受験に失敗してですね。それも自分でも自信あったし、先生からも『大丈夫だろう』と言われていた高校に不合格になって。思い当たるのは解答欄を間違えるというケアレスミスをしていたような気はするんです。いや、わかりませんよ。それで落ちたのかどうかはわからないですけど、とにかく自分も周囲も意外に思った失敗でした。中学浪人も考えたんですけど、それは親には言い出せなくて、それでまあ、ランクを落として近くの高校の二次募集で進学を決めました」

「それが失敗だったんだ？」

「いや、実際に失敗だったかどうかはわかりません。自分で勝手に失敗だと考えてしまったんです。クラスメイトに嫌な人がいたわけでもないのに、何か肌が合わないと思い始めて、それで一度学校サボって家にいたら、そのまま行けなくなってしまったんです。そこからは悪循環です」

「悪循環？」

「ええ。学校が嫌になったのは、これを言うと自分で自分が嫌になるんですけど、クラスメイトとレベルが合わないと感じたからでした。これ、とても傲慢(ごうまん)に聞こえることはわかってます。でも、最初の一週間の授業で、『え、このレベル？』と感じてしまったんです。で、本来行きたかった高校に進んだ中学時代の友だちが恋しくなって、その連中が今これより高いレベルで学んでいるんだろう、そう思うと学校に行く意味がわからなくなって、それでサボったわけですけど、それがしばらく続くと、そのレベルが低いと思っていた高校の同級生にまで置いて行かれてしまったんじゃないかと、これがまた心配になって、学校からますます足が遠のいたんです」

そう語る翔太は、草間たちに批判されることを覚悟しているように見えた。自分を受け入れてくれた学校と学友を蔑(さげす)んだ挙句に登校拒否とは、自業自得とも言えるし、傲慢であると同時に劣等感に苛(さいな)まれていた情けない姿は、批判されるべきかもしれない。

しかし、草間は自分でも少し思い当たるところがあり、翔太を責める気になれなかった。

初めてこの家に凜華を連れてきたとき、道々話しながら互いの学歴を確かめた。凜華が口にした高校と大学の名は、草間にとって優越感と劣等感の両方を感じさせないものだった。つまり自分と同レベルの学力を確認し、草間は凜華との心理的距離を縮めていた。

あからさまに言うならば、同程度の偏差値に安心したのだ。

これは自分でも甚だ情けない精神とは思う。学力のレベルで人を色分けするとは最低だ。

（ちっちゃい人間だな）

と自嘲(じちょう)する気分だ。

だから翔太の話は身につまされる。それで登校拒否となり自室に籠(こ)もるはめになったとは他人事ではない。仮定の話だが、自分も高校受験を失敗したならば、そうなっていた可能性がある。たまたま志望校に進めたから、のほほんと学生生活を続けられた。朝起きれば何の抵抗もなく学校に向かう毎日。

「翔太君、ちっちゃいなあ」

凜華が声を張った。やはり酔っている。翔太にすれば臓腑をえぐられるような発言ではなかろうか。草間は翔太の反応を気にした。

「そう、そうなんですよ。ほんと、ちっちゃい男でした」

案に相違して、翔太はサバサバしている。

「そう思うでしょ？　伯父さんを見習え！」

そう言って凜華はダイニングテーブルをドンと叩いた。

「え？　伯父さんて社長のこと？」

小川が確かめれば、

「そう、他に誰がいるのよ？」

凜華は酔眼を小川に向けて呟くように応じる。

「いやあ、だって、ヤクザ見習えってのも……」

「ヤクザでも社長だよ。森野社長は高校中退だけど、ま、そこは翔太君と同じだけど、それでも社長だよ。馬鹿だけど」

「あ、それは余計だよ、凜華ちゃん」

草間はここにはいない社長に気を遣った。

「あ、そう、ごめん。わたしが言いたいのは高校受験失敗したぐらい、なんてことないってこと」

「それは藤井君もわかってるわけよ、今はね」

続けて翔太にも気を遣う草間だ。

「草間さん、ちょこまかうるさいねえ」

「あ、ごめん」

「ま、そういうところがいいところだけどね。わたしの発言をフォローしてくれる人材は貴重だね。これからも頼むよ。よろしく」

「はい」

ちょっとこの会話は面白いな、草間も楽しくなってきた。

食事が終わり、鍋を囲んだダイニングテーブルから、テレビの前のソファに場所を移して話は続いた。二人掛けのソファに凜華がデンと座り、男たちは床に座って低いテーブルに飲み物を置いた。

「小川さんのお父さんはいい人だったって、うちの祖父ちゃんが言ってたよ」

飲むペースの落ちない凜華は、今度は小川をサカナにする気らしい。

「ああ、吉良親分ですか。なんか死んだ親父が一番世話になった人らしいですね」

「で、その小川さんのお父さんに世話になったのがうちの社長。それで社長としては小川さんがうちで働いてくれるのがすっごく嬉しいらしいのよ」

凜華は草間と翔太に解説する口調だ。

「まあ、全員ヤクザですけどね」

小川がぼそりと言うと、

「それを言うなって！」

凜華が小川の背中をどついた。小川の手にあったグラスからお湯割り焼酎がこぼれて、男三人で慌てる。

「あ、ごめん」

謝りながら全然反省している風もなく、凜華はゲラゲラと笑った。

「お父さんが亡くなったときは、小川さんいくつでしたっけ？」

草間は一度このことを聞いたようにも思うのだが、再度尋ねてみた。

「五歳のときですね」

「じゃあ、森野社長のことは覚えてるんですか？」

「なんか、うっすらですけど、記憶にあります。親父のこともうっすらなんで、まあどっちも似た感じかな」

父親の記憶も曖昧なのが気の毒になる。草間の場合、今はいない父でも温かいその人柄をすぐに反芻できるのだ。

「うちの祖父ちゃんは？」

という凜華の質問には、

「あ、吉良親分のことはそれよりちょっと鮮明な記憶があって、あれは親父の葬式のときじゃないかと推測しているんだけど、俺の頭撫でながら泣いていたおじさんが親分だと思うんですよね」

小川は凜華にではなく草間に向かって答えた。

「今度うちの祖父ちゃんに会いに行こうよ。そうだねえ、明日。明日行こう」

そう言いだした凜華がすでに行くことを決めているのがわかる。

「そりゃ急だよ」

小川は取り合わない。

「なんで？　別に予約入れて行くような話じゃないし。行く気になったんだから、行こうよ」

「行く気になったたって、それは凜ちゃんが、でしょ？」

さらに小川が相手にしないのに、

「よーし、決まった！　みんなで行こう、祖父ちゃんとこ」

凛華は宣言した。

「ひゃあ、強引だねえ」

小川が呆(あき)れる。

しかし草間は凛華の提案には賛成だった。

「でも、それもいいかもしれないよ。藤井君も伯父さんのことを凛ちゃんのお祖父さんに聞いてみたくない?」

「まあ、そうですね。うちのおふくろも伯父さんが家を出てからのことは、よく知らないそうですから」

翔太は甥(おい)でありながら、これまでの人生で森野社長と接した機会はほぼなかったわけだから、その人柄や半生については知らないことだらけだろう。草間にすれば、吉良元親分と翔太の会話を横で聞いているだけで収穫がありそうだ。

続けて小川にも確かめる。

「小川さんもお父さんのこと知りたいんじゃないの?」

実は、小川の本音はそうだろう、という確信めいたものが草間にはある。彼にとってはタイミングの問題はあるにしろ、いずれ父親をよく知る人物と接してみたいという願望があるに違いないのだ。

「どうですかねえ? おふくろからはいいように聞かされてましたけど、うちの親父も所詮ヤクザですからね、どんな人間だったのか、あんまり期待してないですよ」

機嫌のよかった小川が急によそよそしくなった。酔いも醒めたような口調だ。

（淋しいんだな）

草間はそう直感した。きっと小川は幼い時分に死に別れた父を慕う気持ちが強いのだ。本当は立派な父であってほしいと期待しているのに、「期待してない」と強がっているのではなかろうか。

元ホストと聞かされた通り長身でルックスもよく、紹介されたときから明るい印象を受けた小川だが、話し込んでいくうちに背負っている影の濃さが知れてきた。だが、世慣れているようでも、変に擦れた感じはしない。

今も気持ちの揺れ動く様が外に漏れ出している。ホストという仕事柄、嘘や方便も上手いと思うのは誤った先入観で、実際は素直な人間なのだ。

「よーし、決まったあ。明日行こう。日曜日だ。ノープロブレム」

話の脈絡に関係なく、凜華が強引に話を締めた。さらに機嫌のよくなっている彼女には、もう誰も異を唱えない。

「では、と、わたしはここに泊まろう」

続けて宣言する凜華に、

「いや、もう部屋はありません」

何とか家に帰そうとする草間だったが、

「いいよ、このソファで寝るから。草間さん、毛布貸して」

「ええ?!」

「ごめんね。毛布だけでいいから。でも寝てるときに犯しちゃ嫌だよ」

「誰も犯しません」

「なら、何も問題ないね」

「でも」

「あと、わたしはもう酔ってるからお風呂には入らない。みんなは遠慮しないでお風呂入って」

「遠慮はしません」

「その代わり、明日朝シャワー使うからね。覗いちゃ嫌だよ」

「誰も覗きません」

「ほらあ、ノープロブレム！」

凛華と草間のやりとりを聞いていた二人も、

「古澤さん面白過ぎ」

「まあいい酔い方かもしれんね」

と結局和んでしまった。

「そうと決まったら時間気にせず飲もう」

もう完全に凜華のペースだが、悪い気はしない。

それからしばらくしてソファで眠ってしまった凜華に毛布をかけ、各自部屋で休んだ。

元親分

翌日、思いの外凜華はしゃんとしていて、一番先に起きてシャワーを使い、みんなの遅い朝食も用意してくれていた。服を着替えているところを見ると最初から泊まるのを想定していたらしい。

「さ、食べ終わったところで、祖父ちゃんとこに行こう」

酔っていたのに約束は忘れていない。

昨夜の鍋(なべ)で四人はグッと打ち解けていた。

全員が玄関を出たところで、凜華がプランターと庭に植えられた花の説明をしてくれた。

「わたし、同棲(どうせい)か結婚するときには家をこんな風にしようって、ずっと思ってたんだ」

「その練習?」

「そう、草間さんのお宅はわたしには理想的な感じなんだなあ。大豪邸でもないし、あ、ごめん」

「いや、そうだね、見るからに庶民的で、こうして花を植えるにしてもそんなに多くは植えられないから、世話するのも負担にならないし」

「でしょう？　勝手なイメージだけど、こういう家の方が、大豪邸やタワーマンションより幸せな家庭が収まってる感じがするのよね。でもまあ、この先彼氏も出来るかどうかわからないし、わたしが色々手を加えるのも草間さんちで終了かも」

凜華はそう言って笑っている。どうも彼氏がいないのは本当らしい。顔もスタイルも性格も、すべて合格点をもらえる女性と思うのだが、これぱかりは縁というものだろう。

四人で西荻窪駅まで歩いた。休日は西荻窪に中央線快速は停まらない。しかし、草間は日曜日の西荻窪駅周辺の雰囲気が昔から好きで、特に天気のいい日は不便であっても荻窪ではなく西荻窪で電車に乗る。

三鷹で快速に乗り換え、国分寺で西武鉄道国分寺線に乗り換える。四つ目の駅が東村山だ。駅からはタクシーを利用した。

住宅型老人ホーム「三つ葉ハウス」は周囲に高い建物がないせいで日当たりがよく、全体が明るく見えた。

「いいところですね」

下町育ちだという翔太には地方の風情を感じさせる地域かもしれない。空気も都心よりも澄んでいる印象だ。

凜華はしょっちゅう面会に来ているようで、会う人ごとに挨拶を交わしながらどんどん奥に進む。一階の一番端が凜華の祖父で元親分吉良老人の部屋だった。

「こんにちは、お祖父ちゃん」

部屋は八畳ほどのフローリングで、一角は車椅子でも入れる広めのトイレになっている。

「おう」

吉良老人は、ベッドに座りテレビを観ていた。

「お祖父ちゃん、会いたがってた人を連れてきたよ」

「ん？」

吉良老人が視線を向けてきたので、男三人同時に頭を下げた。

痩せてはいるが流石元親分の貫禄で、背筋はしゃんと伸び、はだけた着物の胸元に彫り物の青い線がちらりと見えた。

吉良老人は元ヤクザの鋭い視線で三人の男の顔を順に見ていたが、小川のところで視線を止めた。そのまま十秒ほど経過するうちに、その目の光が次第に柔和なものになっていく。

「おお、おお、タカ坊だ。タカ坊だなあ、わかるぜ」

困ったような表情を見せた小川があらためて頭を下げる。

「大変ご無沙汰(ぶさた)いたしまして」

「そんなこたあいいんだよ。覚えてるかい、俺のこと」

「はい、今はっきりわかりました。父の葬儀の折に頭を撫(な)でていただきましたよね？」

その言葉を聞いた瞬間、吉良老人の目からブアッと涙が溢(あふ)れた。凜華がベッドの脇に置かれていたティッシュの箱を手渡す。吉良老人は凜華に礼を言って、涙を拭(ふ)き洟(はな)をかんだ。

「……そうだ、そうだったなあ……剛士は可哀そうなことをした。タカ坊も随分苦労したんだろう？」

「いえ、わたしは別に……母は大変だったと思います」

「そうだよなあ……よくまあこんなに立派に育てたもんだ。……親父そっくりになったなあ。瓜二(うりふた)つたあ、このこった」

「そんなに似てますか？」

「ああ、似てるぜ。剛士もいい男だった。男から見ても惚(ほ)れ惚(ぼ)れするような粋(いき)な男前でなあ。何を着せてもサマになったもんだ」

小川の笑顔にいつものシニカルな影が消えている。父親を褒められ、それに似ていると言われて、どんなに嬉しいことだろう。

「でね、お祖父ちゃん、こちらは草間さんと藤井君。二人とも石松っちゃんとこの社員で、この藤井翔太君は石松っちゃんの妹さんの息子さん。甥御さんね」

「お、そっか、そっか、こっちは石松に似なくていい男だ。で、ええと、こちらは？」

「草間さん」

「お、草間さんな。草間さん、頼むよ。石松の力になってくれ。あんたみたいな堅気にこれを頼むのはどうかと思うかもしれねえが、あいつを男にしてやってくれよ。お願いしとくぜ」

「はい、承知しました。頑張ります」

草間の言葉に吉良老人は相好を崩して喜んでくれた。

「これが今のところ森野企画、石松っちゃんの会社の全社員になります」

「おお、おお、立派なもんだ。あいつも人に恵まれたなあ」

それからは、人数分の折り畳みパイプ椅子を借りてきて、座って話し込んだ。吉良老人は、

「石松は真っ直ぐな男なんだ。それを馬鹿と呼ぶ奴は間違ってる。今の世の中、馬鹿と呼ばれる中に本物の男がいるもんだ。石松はそれだな」

そう言って、盛んに森野社長を持ち上げる。しかし、それは社員を前にしての世辞ではなく、自分自身の信念を語っているようだ。

小川が「親分」と話しかけると、自分の顔の前で手を振って制した吉良老人は、

「その親分てのは止めてくんな。もう俺は先がない爺だ。呼び捨てでも何でも構わねえから、親分てのはなしにしよう」

と言った。

「でも、わたしにとっては父の親分さんですから」

小川が当惑する。ここで呼び方にこだわっていては話が前に進まない。そこで草間は、

「かつては小川さんのお父さんの親分さんだけど、今はそのお孫さんが同僚になっているわけだから、『凜華ちゃんのお祖父さん』ということでいいんじゃないかな?」

と提案した。

「おうおう、それでいい、それでいい」

吉良老人はやはり孫の凜華が可愛いようだ。この呼び方にはご満悦と見えた。

「ま、そっか。ちょっと長い呼び方だけど、人間関係としてはそうなりますからね。あの、父のことも色々伺いたいんですけど、その前に凜ちゃんのお祖父さんはどうしてその、任侠の道に入られたんですか?」

確かに吉良一家の歴史を辿るにはそこから始めないといけない。これはいい質問だ、と草間は思い、吉良老人の言葉を待った。

「俺のことかい。それはまあ単純な話なんだがな」

ここで吉良老人は話を中断して、凜華にお茶を所望した。

「そういえば、そんな話聞いたことなかったね、お祖父ちゃん」

お茶を淹れながら凜華が言う。

「そりゃ、なんだ、聞かれなかったから言わなかっただけのことよ。でもまあ、そんなことも話しておかなきゃいけねえな。もうすぐ死ぬんだしよ」

これには男たち三人で「いやいや」「そんなことないですよ」と異を唱えるのに、

「何言ってんでえ、人間いつまでも生きてるわけにゃいかねえよ。順番だよ、順番」

そう応じながら吉良老人は嬉しそうだ。

吉良老人は寿司屋の大きな湯呑みで、他は紙コップでお茶が行き渡った。ゆっくり一口茶を啜った吉良老人が語り始める。

「まあ、知っての通り、俺の若え頃にゃあ、でっけえ出入りがあっただろう？」

出入り？　知っての通りと言われても一瞬何のことやらわからず、聞いている四人はちらちらと互いを見た。その様子に、わかんねえのか？　と吉良老人がヒントを出してくれた。

「ほら、国と国とのよ」

そう聞いて最初にピンときたのは草間だ。

「あ、戦争ですか？」

「それよ」

頷く吉良老人に凛華が憤慨してみせる。

「何よ、お祖父ちゃん、わかりにくい。戦争なら戦争と言えばいいでしょ！」

「いけねえ、怒られた」

吉良老人は舌をペロリと出しておどける。

「でもまあ、国と国との出入りと言えばその通りなわけで」

草間としては庇ったつもりもないのだが、これは火に油で、

「またあ、草間さんは変なところで肩持って、なあなあにしちゃうんだから、そんなとこが嫌いなんだよ！」

「あ、嫌われた」

酔っていないときでも凛華の毒舌は容赦なく、
ここは草間もおどけてかわすしかない。

「で、まあ、俺はまだ兵隊に取られない年だったけど、兄貴二人は召集されて南方だ。いや、軍の機密だから具体的にどこだかわからなくても南方だってことは知ってたよ。

まあ、戦地からのハガキに南方にいることを匂わす言葉があったり、絵が描いてあったりしてんだ。絵ってのはヤシの木や南十字星だな。俺も海軍に志願するつもりでいたよ。海軍は陸軍より志願できる年齢が低かったんでね。家は本所にあって、親父は腕のいい植木屋だった。元々仕事の跡を継ぐのは出征している長男で、次男の兄貴と三男の俺はどこか奉公に出るか、軍隊に志願するかってことではあったのさ。だから海軍に志願しようって話は戦争中だから出た話でもねえんだよ。ただ、以前の呑気な時代と違って、志願すりゃあ、まあ二十歳になる前に戦死ってことになりそうだ、とは思ってた。だからってどうしようもねえからね。ああ、俺はあと何年かで死ぬな、って覚悟はしてたな。それだって俺だけが特別そうだって話でもねえからね。別に悲しいとか逃げ出したいとかは思わなかったよ。で、三月十日の大空襲だ。家も親父もおふくろも、みんな燃えちまった」

「燃えた？」

「ああ、燃えた。親父とおふくろはどこでどう死んだかわかんねえ。とにかく焼死だろうな。遺骸は見つからなかったよ。どれが誰だかわかんねえんだから仕方ねえや。だが、日本中が戦争やってんだし、俺んちの近所はみんな焼け出されて、自分だけ文句は言えねえ、アメ公見てろよ、って闘争心が湧くぐらいのもんだ。ただ、十五になったら海軍に志願して、親より先に死ぬはずだったのが、逆になって拍子抜けだな。

で、八月十五日に終戦。このときだな、腹立ったのは」

「戦争終わってホッとしたんじゃなかったんですか？」

「いや、他人は知らねえが、俺は腹立ったよ。なんでえ、その無条件降伏ってのは？　降伏ってありだったのかよ。一億玉砕って話はどうなった？　参った、っていうような喧嘩をハナからしなけりゃよかったじゃねえか、てムカムカしたよ。それからは闇市で知り合いの仕事手伝ったりして、何とか食ってたんだけど、翌年の六月だったかな、兄貴二人ともの戦死公報だ。上の兄貴はペリリュー島、下の兄貴はレイテ島だった。これで俺は天涯孤独だ。そのときも腹立ったな。親父もおふくろも兄貴たちが元気にしてるか、そればかりを気にしてた。兄貴たちはその両親が死んだことを知らないままだ。家族が互いを案じ続けて、そのまま死んじまった」

　時が経っても消えない悲しさはある。吉良老人の憤りは若い翔太にも正確に伝わったようで、小さくため息を吐いたのが聞こえた。

「で、もう誰も帰ってこないとわかったんで、そのまた翌年に闇市で知り合った人に紹介してもらって組に入れてもらったってこったな。ま、かいつまんでいやあ、家族がみんな死んで、新しく親分、兄弟分が家族になったわけだ。それが渡世人になったいきさつだ。これでいいか。これでいいかい？」

　これでいいか、と言われても、予想以上に暗い話に、聞かされた側は戸惑うばかりだ。

「お祖父ちゃん、苦労したんだね」

この祖父にも歯に衣着せぬ物言いだった凛華だが、流石にいつもの勢いをなくしてしんみりしている。

ここは時代の差を思うしかない。草間はもっと軽はずみな行動が語られるものと予想していた。予想は大きく外れた。吉良老人の若き日の姿は、現代の不良と呼ばれる若者とは決して重ならない。

「うちの親父の場合はどうだったんでしょう？」

小川が本来したかった質問を口にした。

「剛士かい？　剛士が組に入ったいきさつはどうだったかな？　お、そうだ。結構痛快ないい話だったぜ。あいつは群馬の農家の出で、十六で上京して大工の見習いをしてたんだな、それが二十歳のときに銭湯でヤクザと喧嘩になったんだ。で、勝っちまった。なんだな、元々すばしっこくて勘のいい男で、その頃は大工見習いも四年続けて体もできてたんだろうな。力もあったわけさ。遊んでばかりのヤクザが敵いっこねえのに、若造ってんで舐めてかかったんだろう。だが、勝ったはいいが、こっからがヤクザのクズなところでな、要は堅気の若造にやられたんじゃ、メンツが立たないわけだ。素直に負けを認めるわけにはいかねえのさ。当時はまだ大工でもこっちの筋に近い者がいて、すぐにどこの誰だか突き止められて、で、詫びを入れさせられた。これに剛士は我慢ならなかったらしい。その日の内に親方のところを飛び出して、うちにやってきた。うちってのは、そんときは俺が先代の跡目を継いで間もない『吉良一家』だ。うちはその喧嘩相手のヤクザと敵対してはいないが、別の看板掲げているから、まあそっからはヤクザ同士対等というわけだ。だが、最初は断ったんだぜ、俺もな」

「え？　親父が組に入るのを断ったんですか？」

「おうよ」

「それはまたどうして？」

「勿体ねえと思った」

「勿体ない？」

「ああ、またいい目をしてやがったんだ、剛士のヤツは。こう磨き上げた鏡みたいに澄んでてな、それに奥の方に力があった。ああ、そう、ヤクザにするには勿体ねえと思ったのさ。でも本人が頑として引かなかった。断ったらまた別の組に行きそうな勢いでな。だったらうちで面倒見た方がいいじゃねえか？　ま、これがいきさつだ」

「へえ」

「で、その喧嘩相手はどうなったと思う？」

「もう一度うちの親父にやられたんですか？」

「それも面白いだろうが、それじゃあ、やったやられたの繰り返しだ。その組は二年もしないうちに勢いがなくなっちまって、そいつも街からいなくなった」

「え？　どうして？」

「まあ、剛士が直接手を下したわけじゃねえが、結局ヤクザも人気がなきゃだめなんだな。うちの組は堅気の衆から人気があった。それがまあ、剛士の功績かもしれねえな。で、どんどん相手の組と差がつき始めた。たまには喧嘩の仲裁で腕っぷしが必要なときもある。そんな堅気の大工に負けたヤクザを誰が頼るよ。そこは剛士の出番になるわけさ。最後の方は、その剛士の喧嘩相手だったヤクザがすり寄ってくることもあったらしいんだが、剛士はそこで容赦しなかったんだろう。詳しいことは知らねえが、しばらくしてそのヤクザの顔は見かけなくなったな」

「では、親父を恨むヤクザもいたってことですよね？」

小川が確かめると、吉良老人はその目を覗き込んだ。

「……仇討ちかい？」

「……」

「三十年も前の話だ。仇を見つけるのも大変だ」

「……殺人に時効はないです」

「そりゃあ最近の話だろう？　三十年前はどうだったかな？」

吉良老人と小川の会話を聞いて、一つの疑念が浮かんできた。小川は、富高興業傘下の街金に金を借りて繋がりが復活したようなことを言っていたが、もしかすると父親を殺した下手人を捜すために自分から接近してきたのかもしれない。

押し黙った小川の表情が硬い。

その沈黙に耐えきれなかったように、

「次は翔太君の伯父さんの話ね」

凜華が言い、

「お、石松が組に入ったときの話だな」

と吉良老人が応じたとき、ドアの開く音がした。

振り向くと手土産を持った森野社長が立っていた。

「石松、ちょうどおめえの話をしようとしてた」

そう言う吉良老人をはじめ、迎えた側はその偶然に驚きの表情を浮かべていても、当の森野はいつもながらの無表情だ。ここで会うには意外な顔ぶれのはずだが、毎朝会社で会うときと変わらぬ様子でいる。

「さ、社長座ってください」

草間は自分の椅子を森野に譲った。

「あ」

翔太は対応の遅れた自分の迂闊さに気づいたのか、慌てて立ち上がって草間に椅子を譲り、自分用の椅子を取りに部屋から出て行った。ほどなく翔太が戻ると、

「おう、凜華、せっかくの石松の土産だ。みんなでいただこうじゃねえか」

吉良老人が促した。凜華が包みを開け、紙皿にのせたクッキーを配る。

「石松、おめえもいい身内を持ったなあ」

吉良老人がしみじみと言うところを、

「いやだ、お祖父ちゃん、それヤクザの言い方」

と凜華が水を差す。

「おっと、ごめんよ。社員の皆さんいい人だ」

森野にとっては、吉良老人に褒められることが一番なのだろう。

「ど、ども」

いかつい体を背中の真ん中で折るようにして頭を下げる。

「こりゃあ、おめえも頑張らねえとな。いつまでも富高の下にいるこたあねえんだぞ。遠慮はいらねえ、こりゃあビジネスなんだ。やつらの鼻を明かすぐらいの成果出してみろい」

「へ、へい」

それからは森野少年と吉良親分の出会いの話、石松と呼ばれるようになってからの武勇伝を聞かされた。とは言ってもしゃべるのは吉良老人一人、森野は時折り話を振られて頷く(うなず)のみだ。吉良老人の語りは講談師のように達者で、各自の脳内スクリーンにまったく同じ情景が映されていたように思う。

夕方近くまで話し込み、吉良老人の部屋を出た。別れ際、吉良老人に促された森野は、

「こ、これからも、よ、よろしく」

と不器用に挨拶(あいさつ)して社員に頭を下げるのだった。

凛華は「三つ葉ハウス」からそのまま歩いて実家に帰った。

男四人も東村山駅までを歩いた。森野社長はいつも「三つ葉ハウス」へは駅から往復徒歩だという。

「なんか歩きやすいね」

途中、小川がにやりとして言った。森野社長を先頭にして歩いていると、他の歩行者が遥(はる)か手前から避(よ)けてくれるのだ。

「貫禄(かんろく)だよ」

草間はそう小川に返した。というのも、森野は別に「オラオラ」と威嚇しているわけではない。顔の傷に怯(おび)える人はいるにしても、大抵の人はこの大きな存在感をかな

り離れた距離から意識して避けている様子だ。

荻窪まで電車で戻り、丸ノ内線の改札で森野社長を見送った後、社員三人は一緒に帰宅した。

途中弁当屋に寄り、ダイニングで夕食だ。昨日からの流れで、そうやって三人で食事を共にするのが自然に感じられていた。

この日一日で歩いた距離はさほどでもない。トータルで6㎞といったところだろうか。それでも普段とは違う場所を歩いたというだけで、草間は平日とは違う疲れを覚えていた。その点、いつも外回りを続けている小川には余裕があるように見える。それに対して翔太は一番若いにもかかわらず、長年の引きこもりからの体力不足が顔色にまで表われていた。

その翔太が、

「今日は色々とすみませんでした」

他の二人のコップにペットボトルからお茶を注ぎながら頭を下げた。

「何が？」

草間にはすぐに思い当たることがない。

「いえ、一番若いのに、先に動かなければいけない場面で気の利かない真似をしてしまって」

そんなことか、草間は小川と目を合わせた。

「そんなこと気にしなくていいよ。年齢なんて関係ない。何にせよ、気がついた人がすればその場は収まるんだからね」

まず小川がそう言い、草間も、

「引きこもってたことを過剰に気にする必要はないよ。大抵の若いヤツは気が利かないもんだし、我々の場合は、お互いできることで貢献し合う関係だ。君を見て、咎めるような気持ちになっている人はいないよ」

と告げた。続けて、

「でも、そんな風に考えてくれるのは嬉しいな。後からでも気配りについて反省していれば、それは相手にも通じると思うし。ね、小川さん」

そう小川に振ると、

「ええ、今の藤井君の言葉には感心しました。でも、本当に今日は誰も嫌な思いをしていないから、藤井君も気持ちを楽にしていてよ。……今日は本当に有意義な一日だったなあ」

最後の言葉で話題を変えてくれた。

「そう、凜ちゃんも面白いけど、凜ちゃんのお祖父さんはさらに面白い人だったね」

草間が語る吉良老人の印象に、二人はそれぞれ大きなリアクションを示した。そこからは、聞いた話の中で自分が一番興味深かったものを言い合って、吉良老人の長い物語を反芻する時間になった。

しばらくダイニングテーブルに笑い声が飛び交う。

「今日あらためて思ったけど、森野社長はいい人だね」

これは草間の本心から出た言葉だ。吉良老人の口から語られたヤクザとしての森野の行動に曇りはなかったし、それを聞いている森野の反応も、無口ながらたまに照れたり笑ったりと人間味の感じられるものだった。草間のこの感想には、

「そうでしたね。本当にいい人だってわかりました。なんか、俺は森野社長に悪いことしたなあ、って思いましたよ」

小川がしみじみとした口調で応じた。

「どういうこと？」

そう問いかければ、小川は箸を止めて記憶をたどる目になった。

「実は、母から吉良親分と石松さんのことはずっと聞かされていたんです。いい人だ、ってことを。確かに自分の記憶にも嫌な感じのものはないんですよ。何というか、感情の感触みたいなものですね、それがネガティブなものではないということです」

「怖い思いはしていないわけだよね？」

「そうそう。簡単に言うとそう、怖い思いはしてない。でも成長するにつれ、本当は

どうなんだろう、って疑問が浮かんできて。言ったって、ヤクザだから」

「それ、小川さんよく言うね」

「え？」

「言ってもヤクザ、所詮ヤクザ」

「そう、所詮ヤクザ。結局金です。金のためなら何でもやるやつら。それを基準に考えると、親分も石松さんもどうだったんだろう、って考えたわけ。で、親父の死についても、親分や石松さんだって容疑者だなと」

「やっぱり」

草間は謎の答えを得た思いだ。小川の方は草間の反応が意外だったらしく、大きなクエスチョンマークを顔に浮かべている。

「小川さん、お父さんの事件の真相を求めてるんでしょう？」

「あ」

小川は自分の秘密が見破られたことに小さく動揺の色を見せた。

「それで凜ちゃんのお祖父さんや森野社長、ついでに俺にも警戒してたんだね？」

「面目ない」

「いやいや、気持ちはわかるよ。疑心暗鬼になるのも無理ないさ」

「でもでも、昨日から今日にかけて、その疑念は一気に晴れたから」

「それはいいことだね。むしろ、これで真相に迫れるかも。だって、容疑者を順に当たって、犯人でないことを確かめていくのが捜査の基本でしょ？」

「それで言うと、確かに吉良親分と石松さんは容疑者の名簿からは外れたな」

小川の言葉からの連想で、草間の脳裏に一つの物語が蘇った。

「親分が容疑者だなんて【森の石松が殺された夜】みたいな話だね」

「それ、何ですか？」

「知らなかったっけ？　社長の好きな小説」

「へえ」

「社長は森の石松のファンで、石松関係の本を読むんだ。その中の一つ。最初は反発してたけど、今は逆にハマってるみたいだよ。そうだ、小川さんの部屋の本棚にあるから読んでみれば。短いからすぐ読めるよ」

「えっと、石松の殺された……夜、ですか？」

「【森の石松が殺された夜】。作者は結城昌治」

「読んでみよう」

「すぐ見つかるよ。見つからなかったら言って。そうか、小川さんは事件の真相を求めて富高興業に近づいたんだ？」

「まあ、最初からそんなに気合いを入れてたわけでもないですけど、近づけば何かわかるかな、って感じで。でも次々とおふくろの話に出てきた人と会うのはドキドキしましたよ」

「こう言うと申し訳ないけど、面白そうだね？」

「ま、面白いと言えば面白いかな。今日なんか一気にストーリーの進展があったなあ。親父がヤクザになったきっかけなんて、おふくろもよく知らないでしょうよ」

「お母さんに教えてあげれば？」

「そうですね、あとで電話してみよう」

ハッカー翔太

それからも凜華は頻繁に草間の家に顔を出した。庭の花に水をやり、玄関や共有部分のリビング、バスルーム、トイレの掃除をして、たまには夕食も作ってくれる。食材費はスーパーのレシートを渡されて三人で割り勘にした。調理担当の凜華は自分で食べる分はただになるわけで、これで互いに気を遣わずにすむ。

ある日の終業後には、会社で余っていたパソコンを家まで運んだ。タクシーで草間、凜華、翔太の三人で帰り、リビングの隅にパソコンをセットする。これで小川は直帰してもその日のうちにパソコンを使って仕事の報告を上げられる。

その翌日には、さっそく外回りから直帰した小川がパソコンを操作した。先に帰宅していた草間は、翔太とともに凜華が冷凍してくれていたおかずを解凍して夕食の準備をしていた。

「タカ坊さんも夕食まだですよね？」

翔太が声をかける。

「うん、まだ」

「じゃ、準備しときますね」

「サンキュー」

吉良老人に会いに行って以来、タカ坊という呼び方が定着してしまった。最初は凜華がそう呼び始め、小川は、

「会社は仕事をするところ」

と抵抗したのだが、

「だって、社長がそう呼ぶんだから」

と凜華に押し切られ、草間と翔太もそれに倣った。ただ一人だけ年下の翔太は「タカ坊さん」とさん付けだ。その翔太も「翔ちゃん」に自然となり、今やふつうに苗字(みょうじ)で呼ばれるのは草間だけになった。他の会社だと「課長」だの「部長」だのと役職で呼ばれるのかもしれないが、森野企画では役職名で呼ばれるのは社長だけだ。

（なんだか、家族みたいになってきたな。森野一家か）

そう思った草間は、

（ま、ヤクザみたいでもあるが）

とも思った。

「終わった！　じゃ、飯にしますか」

小川がパソコンの前を離れたときには、夕食の用意はできていた。

「いただきます」

三人揃って合掌する。これをしないと、凜華がうるさい。そのため、ほんの一、二回で定着した習慣で、凜華がいない場合でもこうして声を揃える。こんなところも学生寮っぽくて草間は気に入っている。

「いただきます、した？」

男三人の生活が始まってから、凜華のおかげで家の中の使い勝手がよくなり、食事も外食が減って、一人暮らしのときより快適だ。元々自分の部屋しか使っていなかったから、その小さな城さえ守れれば不満はない。草間は半年から一年と思っていた共同生活が、さらに延長しても構わないと思い始めていた。

「明日は凜華さん来てくれますかね？」

翔太が気にした。

「どうして？」

「いや、これで冷凍してたおかず終わりでしょう？」

「そうだけど、そんなこちらの都合で来てもらうわけにもいかないからね。凜ちゃんは寮母さんじゃないんだからさ」

「まあ、凜華さんの都合もあるのはわかってますけど」

「明日からはしばらく外食か弁当だな」

「はあ、それは仕方ないですね」

小川は草間と翔太のやりとりを黙って聞いていたが、

「俺が何か作りましょうかね？」

と突然提案してきた。

「タカ坊さんができるんですか？　へえ、料理できるんだ？」

「まあ、簡単なものだけどね。カレーでいい？」

「もちろん。大好物です」

「翔ちゃんも少しは料理を覚えれば？　いずれ一人暮らしになるんだし」

「そうですね。教わろう」

今度は小川と翔太の会話を黙って聞いていた草間が、

「でも、タカ坊も今日みたいな時間に帰れるとは限らないんだから、カレー作りは土曜日にすれば？　カレーなら多めに作れば二日か三日は食べられるし」

と小川の仕事に配慮した提案をした。

「いや、明日でも大丈夫ですよ。パソコンあるから調べものは会社に戻らなくてもできるんで、夜ここで調べて翌日の仕事に備えます」

「そうか、このパソコン一台持ってきただけでずいぶん効率的になったわけだね」

「ということで、翔ちゃん、明日一緒にカレーを作ろう」

「わかりました。教えてください」

食事が終わり、みんなで食器を洗い終わると、いつもなら各自部屋に戻るか風呂に入ったり、洗濯を始めたりするのだが、

「あ、そうだ、以前、田村貿易のホームページの話があったでしょう？」

小川が急に入社初日の会話を持ち出してきた。

「うん、社長同士で話してもらって仕事を取ろうって話だね」

「あれからちょっと気になって確認したんですけど」

小川はパソコンの方に行った。草間と翔太も続く。

小川は田村貿易のホームページを開いた。

「これですよね。で、扱ってる商品の一覧がこれ」

モニターには多数の外国製キャンプ用品の写真が並んでいる。草間は鉄製ハンモッ

ク台の説明を確認した。

「あ、やっぱり重さ5グラム。単位間違ったままだよ。おかしいなあ、社長には言ったのに、田村社長に伝えてないのかな？」

草間は仕事を回してもらう話をいきなりするのは不躾だと思い、まずはホームページ上のミスを指摘するだけにして、そこから、

『こういうことなら、森野企画さんにホームページ制作をお願いしよう』

という流れになることを期待していたのだ。しかしこの様子では、まだこちらの声は届いていないとみえる。

「いや、単位は合ってるんじゃないですかね。たぶん、単位はこのままでいいんです」

「え？」

草間には小川の言っていることが理解できなかった。小川はモニターに映し出されたハンモック台を指差して続けた。

「違っているのは商品の方でしょう」

「商品の方？」

「はい、このハンモック台が5グラムのはずがありません。何か別のものを5グラム千ドルで売ってるわけです」

ここでもまだ小川の発言の意味がわからない。草間は助けを求めるように翔太を見

たが、翔太も無言のまま続く小川の言葉を待っている。

「千ドルといえば約十万円ですか、5グラムで十万円する商品といえば、これはまあクスリ関係ですねえ」

「クスリ？」

「ええ、シャブとかコカインとか」

「え！」

一瞬で謎が解けた。この小川の解釈が正解だと思う。このハンモックを取り付ける鉄製の台はどう見ても10キロ以上はありそうなのだ。5グラムは明らかな間違いだが、5キログラムでも違うような気はしていた。

草間はしばらく何も言えず、背筋に走った寒けが去り息が深く吸えるようになるのを待った。

「……そういうことか」

「そういうことです。ヤクザを舐めちゃいけません」

「いや、舐めてたわけじゃないけど、何というか裏切られたような……」

「信用しちゃいけません。所詮ヤクザですから」

「出たね。タカ坊の所詮ヤクザ」

「なので、田村貿易さんとしては社長同士の縁があっても、うちに仕事を任せるようなことはないです」

小川は断言した。

「だね」

これには異論ない。だが、

「田村社長がそんな商売をしているということか？」

草間にはあの人の好さそうな田村社長が、違法なビジネスに手を染めていることがショックだった。

「そうですね、まあ本人は本意ではないかもしれませんけど、ヤクザですから」

小川の口調に取り付く島はない。ヤクザを心底軽蔑しているのが伝わってくる。

「うちの社長はこのことを知ってるんだろうか？」

「さあ」

「タカ坊、所詮ヤクザだからって言わないの？」

「いや、うちの社長に関しては知らない可能性が高いような気がするんですよ」

「それはまたどうして？」

「社長も所詮ヤクザとは思いますけど、ヤクザにも色々タイプがありますからね。社長は古いタイプのヤクザじゃないですかね」

「ああ、吉良親分の流れを汲むね。それと小川の兄貴の流れ」

「だから、クスリには手を出さないタイプかと勝手に想像しますけど」

「そうだと思います」

ここで翔太が会話に割り込んできた。

「僕、引きこもっている間に沢山古い映画を観たんですけど、『ゴッドファーザー』のマーロン・ブランドがクスリには手を出さない、って言ってました。洋の東西関係なく、いいヤクザはクスリに手を出さないのと違いますかね？」

いいヤクザの定義が今一つ不明だが、草間の中ではマーロン・ブランドと森野社長のイメージがどうしても重ならない。

「そっか、いいヤクザはクスリの商売に手を出さないんだ。人は殺すけど」

「『ゴッドファーザー』もバンバン殺してましたね」

話が脱線してきた。

「うちの社長がこのことを知らないとしても富高興業は知ってるよね？」

草間は小川に質した。

「もちろん、知ってるでしょう。富高興業は会社の仮面を被ったヤクザです。極道ですよ。草間さんはこれまでヤクザの知り合いはいなかったでしょう？」

「まあ知り合いにはいなかったね」

「ヤクザなんてね、カッコつけてますけど、結局は金で動く。金のためなら何でもする連中ですよ。中身がヤクザの富高興業もそういう組織です」

「やっぱり怖いね」

怖いのは知らないうちに森野企画が悪だくみの共犯にされていて、自分たちも加担してしまうことだ。これまで通りに仕事していて、いつのまにか法律に触れる行為に繋（つな）がっていたとしたらおしまいだ。知りませんでした、という申し開きは法治国家では通用しない。

「でも、これまでのところ証拠はないですね」

翔太が小川から受け取ったマウスを操作し、田村貿易のホームページをチェックしながら言った。確かにここまでは小川の推測だけで、クスリの販売についても確認したわけではない。限りなく黒に近い灰色というやつだ。

「確かめましょう」

翔太が軽い口調で言った。

その夜はそこから翔太の独壇場だった。

最初に森野企画に現れたときから翔太のパソコンの扱いはかなりのレベルだとは思っていた。キーボードの打ち方からして違って見えたものだ。とりあえず、それまでの草間の同僚梅津と樋口に比べても、優（まさ）るとも劣らないと草間は踏んでいた。

しかし、翔太の本当の実力はそれ以上だった。

自室から持ってきたノートパソコンをソファの前のテーブルに置いて床に座ると、その後ろのソファに座った草間と小川の前で翔太は見事な「謎解き」をしてくれた。

翔太は草間が出会ったことのないハイレベルのハッカーだったのだ。

まず翔太は田村貿易のサイトに侵入して、注文受付のメールを開いた。

「注文は二十四時間受けてますね。これが直近の注文です」

次に注文した人物のパソコンに侵入して、薬物使用者の集まる闇サイトをチェックする。田村貿易の商品を購入している人物の隠語をまじえた書き込みも見つけ出した。

「ほら、やっぱりこの商品の正体はコカインですよ」

草間と小川は顔を見合わせた。二人が信じられないのは、翔太の見せた「謎解き」の内容よりもそのスピードだ。

「ちょっと待って」

草間は二階の自室に上がり、自分のパソコンを持ってきた。

「悪いけど、翔ちゃんの実力を確かめさせてくれ。俺のパソコンに入れるかな？」

「いいですよ」

草間はパソコンを起動させた。

翔太のキーボードを叩くカチャカチャという音が、無言の部屋に響いた。

草間と小川は草間のパソコンの画面を見つめて待つ。

突然触っていないパソコンの画面に次々とウィンドウが開く。

「もう？」

十五分と経たずに草間のパソコンのウォールは破られた。

「翔ちゃんの実力はわかった。続けてくれるかな？」

続けて、このブラックビジネスの販売方法も明らかになっていく。

実際には田村貿易は違法薬物や麻薬の販売に関わってはいなかった。商品の仕入れと発送は別の組織がやっていたのだ。だから田村社長は怪しい商品を目にすることはないだろう。ただ、代金は田村貿易の口座に振り込まれ、そこから富高興業本体に流れていく。田村貿易の経理も森野企画と同じく神尾が担当している。

「これは巧妙な資金洗浄だな」

田村貿易は輸入したキャンプ用品を販売したことになっており、代金が振り込まれると、事務所家賃やコンサルタント料など様々な名目で金は富高興業に流れる。

「これは……森野企画もマネーロンダリングに利用されているのかな？」

「調べましょう」

翔太は易々と富高興業のパソコンに侵入して、森野企画の口座を調べた。ソファに座った二人を振り返り、

「本当はこんなことしちゃいけないんですけどね」

と言ってにやりと笑う。

「おぬしもワルよのう」

期せずして、草間と小川は同じ時代劇風セリフを口にした。

調べてみると、今のところ森野企画の口座におかしな動きはない。入金している会社にはどれも覚えがあるし、金額も妥当なものが並んでいる。

「どういうことだろう？」

草間は二人にどう推理するか尋ねた。

「まだ時期ではないということじゃないですか」

「順番ですね」

二人は同じことを考えていた。草間も同じだ。新参の森野企画はまだおとなしく地道に稼いでいるが、いずれは富高興業という仮面を被った富高組の、裏の仕事に利用されるに違いない。

「このことを社長は……」

草間が言いかけるのを、

「知らないでしょう」

小川が断言し、翔太が大きく頷いた。

「これはほっとくわけにはいかないだろう？」

草間はいざというときは会社から逃げ出す気でいた。その情報を得るために小川をこの家に住まわせた。しかし、今は逃げ出すより悪の道に引きずり込まれるのを回避して、会社を健全なままにしておきたい、という気持ちになっている。

「明日、社長に真相を告げるべきかな？」

草間は三人の意見をまとめてから行動しようと考えた。三人三様の動きでは綻びが出そうだ。

「もう少し調べてからの方がよくないですか？」

翔太の意見だ。

「凜華さんのお祖父さんから聞いた社長の行動を総合すると、直情的な動きで周囲を混乱させることもあったようですから、どこの誰がどういうことをしているのか正確に摑んでから報告した方がいいと思います」

「同じく」

小川は翔太の考えを支持した。これで多数決成立だ。草間もそれが賢明だと思う。

「今の情報だけでも下手すると社長は殴り込みかけそうだもの」

小川の言う通りだ。何しろクスリの売買を嫌うゴッドファーザーだ。

『人間を辞めさせるようなものを売るな』

と正論を口にしながら相手をボコボコにしそうだ。

「では、これからまだ情報収集を翔ちゃんにお願いするということで。しかし、翔ちゃんはすごいね」

「いや、自分の部屋に籠もっている間はパソコンをいじってばかりだったんで、こんなことが身についたんです。あのままだったら、これを利用して悪事に走ったかもしれませんね。人間、こんなことよりカレーの作り方を学んだ方がずっといいと思います」

翔太がしみじみ言うのを、

「そんなことないって」

草間と小川は同時に一蹴した。

草間と小川にすればカレーは誰でも作れるが、ここまでパソコンを操れる人間はいない。

翌日、翔太にカレー作りを指導したのは凜華だった。草間が田村貿易の件を伝えたところ、凜華はじっくり話をしたいと家に来たのだ。

「そうよ、人間は食が第一。そんなね、パソコンの扱いが上手いなんてことより、美味しいカレーを作る方が大切な場合もあるの。だって食は命に関わるんだから」

そう偉そうに語る凜華に、

「はい、そうですよね」

翔太は素直に従ってカレー作りに挑戦していた。

「さ、できたわよ」

正方形のダイニングテーブルを四人で囲む。

「美味(うま)い！」

「初めてにしては上出来だね」

「ありがとうございます」

「これなら今すぐ一人暮らしできるんじゃないの？　毎日カレーだけになるけど」

「それは勘弁してください」

市販のルーを使い、パッケージに書いてある通りに作っただけだが、翔太は満足げだ。

食事をしながら、田村社長の話になった。

「田村社長をタケってうちの祖父ちゃんは呼んでるけど、石松っちゃんと一番仲がいいらしいよ。祖父ちゃんが引退して、富高興業が出来たときに主流から外された二人ね」

凛華の説明だと、最近になって急に富高興業傘下の会社を任されることになった二人だ。そこも何やら怪しい。

「うーん、これこそ【森の石松が殺された夜】じゃないですか？」

「ですね」

小川と翔太が妙なことを言い出した。

「え？　どういうこと？」

「あの小説と同じ状況じゃないかということですよ」

「え？　タカ坊はあの小説をもう読んだんだ？　翔ちゃんも？」

「読みました」

「なら話は早いね。えーと、あの小説と同じ状況かな？　あ、そうか」

確かにあの小説で子分になって一年目の森の石松に金比羅代参を命じている辺りは、それまで富高興業の経営の外にいた森野と田村に子会社を任せたいきさつと似ている。本来なら辻谷や鈴木、またはそれに近い弟分を社長に指名するはずだ。

「ほんとね、似てるわ」

凜華も思い当たったようで、いつになく深刻な表情になった。

「まあ、あの小説と違って殺しはしないでしょうけど、田村貿易の違法行為が警察や麻薬取締部に悟られそうになったら、会社ごと切って知らぬ顔することは考えられますよね」

「そのときは経営者として責任を問われるのは田村社長になるわけか」

「そうです」

草間は二人の推測に納得していた。小川の「所詮（しょせん）ヤクザ」のセリフを待つまでもなく、彼らのやり口としてありそうなことだ。

「どうも、急に石松っちゃんの待遇が良くなったと思って、そこは不思議だったのよね。祖父ちゃんもそれが引っかかってたみたいよ」

凜華もこれまでの疑問が今の説明で腑に落ちたのだろう。

森野企画も富高興業から来ている神尾に経理は任せているわけだが、翔太の調べでは、富高興業に流れている金は、

「今のところ、事務所の家賃と社長の社宅の家賃だけです」

という形らしい。一方、田村貿易は、

「家賃に関してはうちと大差ないですけど、コンサルタント料は結構法外な額に設定されてますし、他の子会社と取引したことになっていて、その会社を迂回して流れている金額も大きいですね」

という実態らしい。

「翔ちゃんにうちの会社の数字を見せてもらいましたけど、結構健全な経営ですよ。我々は頑張ってます」

小川の話では、今のところ、富高興業から資金を回さずとも森野企画単体で経営は成立しているらしい。ということは、このまま本業を頑張れば、富高興業に資金洗浄や裏取引に利用されずにすむかもしれない。

「まあ、本業を頑張り続けることは当然ですけど、所詮相手はヤクザですからね」

「出たね、タカ坊」

「はい。彼らは正当な報酬では満足しません。濡れ手で粟、派手に金を使いまくれるように画策しますよ。彼らの欲望に際限はありません。それがヤクザってもんでしょ？」

それから毎晩翔太は情報収集に余念がなかった。昼間会社でパソコンに向かっている間は仕事に集中するから、どうしてもハッキングは夜になる。翔太の私物のパソコンはハッキングに特化しているようだ。

かつての同僚梅津はブラックハッカーとしてヤクザの手先になっていたらしいが、ホワイトハッカー翔太が対したなら簡単に打ち破れただろう。

この時点では富高興業に対して、こちらが有利ではある。何しろ、相手の手の内は見えている状態で、そのことは先方に気づかれていない。今のままなら常に先手を打てる。

調べを進めると、田村貿易以外にも不自然な金の動きをしている富高興業の子会社が複数あった。一年だけ多額の金を富高に流してから休眠状態になり、社員もいなければ社屋もなく、つまり一切経費がかかっていない会社もある。

「これは……おそらくですけど、振り込め詐欺をやってたんじゃないでしょうか？」

小川はそう推理した。

「振り込み先がその会社になっていたのかな？」

「いえ、被害者が振り込んだのは、さらに別の個人の口座です。ホームレスなんかに金を渡して、その名義で銀行口座を作って金を受け取り、それからいくつか個人や会社名義の口座を経由して富高興業が吸収しているのでしょう。帳簿上は正当な取引になっていて、税金さえきちんと納めればどこからも不審な目を向けられる心配はありません」

つまり、自分たちは違法行為から距離を置き、金を吸い上げるだけにしているのだ。そんなことに利用されるわけにはいかない。

石松親分

社員は情報を共有しているが、森野社長だけ蚊帳（かや）の外だ。会社一丸となるには、社長を説得する必要がある。

草間はそのタイミングを計っていた。

そして、ほぼ十分な情報が揃ったところで、社員四人で話し合った結果、ついにゴーサイン点灯となった。

まず凜華が社員研修会の名目での箱根一泊旅行を森野社長に提案した。

「社長自身も勉強しないと」

という言葉が決め手だったようで、森野は素直に提案を受け入れた。すぐ翌週末の宿を予約して土曜日の朝の小田急線ロマンスカーで箱根に向かった。

到着後、まず箱根の観光地を巡る。

「あ、この辺の風景知ってる」

「箱根駅伝ででしょう？」

「そうそう」

などと賑やかに移動し、途中で昼食。宿には午後三時過ぎにチェックインした。そこからはゆっくり温泉に入り、続いて夕食と宴会だ。カラオケ大会では社長の歌のうまさに社員一同驚いた。『旅姿三人男』というのが森野の十八番で、ふだん吃音を気にして無口な森野だが、不思議なことに歌と啖呵はどもらないという。

みんな楽しそうだ。

翔太は引きこもりが長くて旅などしていなかったし、小川も家族旅行の経験はないという。新宿から二時間足らずの小さな旅でも新鮮なのだろう。

森野も箱根は初めて、という話を意外に思った草間に、

「石松っちゃんはうちの祖父ちゃんが引退してからは、ずっと冷遇されてて、旅行ど

ころじゃなかったみたい」

凛華が囁くようにして教えてくれた。

翌日は朝食直後に宿を出て、別のホテルの会議室に場所を変えての「研修」だ。

まずみんなで映画鑑賞をした。作品は草間の用意した次郎長物。

社員全員【森の石松の殺された夜】を読んでいる。しかし、世間で通っているオリジナルの次郎長物語を知っているのは草間だけだ。ここは自分たちの社長がどうして清水一家と森の石松が好きなのかを知ってもらう必要がある。

映画を観た後で、一人ずつ感想を述べたのだが、みんなが、

「カッコいい」

と言って森野を喜ばせた。凛華など、

「この次の研修旅行は清水にしましょう」

と提案し、全員が拍手で賛成した。

昼食後、いよいよ森野社長に富高興業の裏の顔について報告する。昨日からの流れで森野はご機嫌だ。草間もこれなら話しやすいと思った。

凛華が助手を買って出てくれて、草間が口にしたことの要約をホワイトボードに書いていく。

田村貿易が麻薬と違法薬物の販売に手を染めていたこと。

田村貿易を経由して富高興業に多額の金が流れていること。

いざとなればトカゲの尻尾切りが行われ、田村貿易の命運はそこで尽きるだろうこと。

おそらく次には森野企画もそのように利用されるだろうこと。

順番に証拠となる資料を挙げて説明した。

「【森の石松が殺された夜】をお読みになったと思うのですが、今現在の社長のお立場はまさにあの小説の石松です。このままでは危ないと思います」

草間が代表してここまで言うと、

「ど、どういうこった？」

森野はそれだけ言った。明らかに理解されていない。森野の横に立つ凜華が補足しようと試みる。

「だからね、社長、【森の石松が殺された夜】を読んだでしょう？　あの小説だと、石松は次郎長に利用されて殺されたじゃない。今の社長がそういう立場になってるってこと」

嚙んで含めるような言い方で森野に説明する。

結果、森野は怒った。

「そ、そんな、わ、わけないだろう。だ、誰だ、そ、そんなこと言うやつあ」

流石だ。怒りのテンションが違う。怒るのが仕事みたいな職業だったわけだから、「本職」の怒り方だ。草間もこんな迫力の怒りには初めて出会う。この怒り具合には命の危険を感じるほどだ。

メンバーの中で一番危ない立場がまさしく草間だろう。森野にしてみれば、凜華は元親分の孫、小川は兄貴分の息子、翔太は自分の甥（おい）だ。この場にいる中で、怒りを遠慮なくぶつけられるのは草間だけということになる。

（ひええ）

心の中でビビりまくっている草間だが、体は固まって逆に無表情になっている自覚があった。その間、頭の中をフル回転させても出口がない。

「だって、そうじゃない。今の石松っちゃんは小説の森の石松と同じだよ」

凜華は強い。きっと世が世であれば、賭場（とば）でサイコロの壺（つぼ）を振る粋（いき）な姐御（あねご）になっていたに違いない。

「こ、子分を、こ、殺す、お、親分なんて、し、信じられねえ」

森野も凜華には弱い。親分の孫に対しては怒りを抑えて、少し冷静になってくれている。

（親分の孫？）

草間の中でひらめくものがあった。

「違います、違います、社長、社長、石松さん」

これまでにないトーンで話しかける草間に森野は一つ呼吸を置いてくれた。

「今言っている親分は、吉良の親分じゃないですよ。今の石松さんの親分は富高社長じゃないですか。吉良元親分が石松さんを陥れるわけがありません。それはわたしたちもわかっています。でも、富高社長や辻谷専務は本当に信じられますか？」

一気に森野の怒りが冷却されたのがわかった。窒素冷却でバラの花がカチンカチンに凍るあれを見ているようだ。ふだん無表情な人なのに、感情のふり幅のすごさが見てわかる。

とにかく納得してもらえたらしい。

「わかってもらえた？」

凜華が問いかける。

「う、まあ」

まだ煮え切らないが、陰謀の可能性は認めてくれたようだ。

「立ってるのもなんだから、草間さんたちも座りましょうよ」

小川がいいタイミングで提案してくれた。さらにこれで一息つける。

「田村貿易は数字上結構な荒稼ぎをしています。そして、ネットで薬物使用者同士の話題に上がることも増えていくことと思います。これはいつか警察か麻薬取締部に目をつけられるでしょう。そうなったとき、警察の手入れがある前に富高側は田村貿易と縁を切るものと思われ、それからしばらくしてほとぼりが冷めれば、今度は森野企画が利用される番かもしれないんです」

森野はうつむいたまま黙って聞いていたが、ふと顔を上げると、

「タ、タケ、は、し、知ってるかな？」

凛華に向けて質した。

「きっと知らないんだと思うよ。そこは富高興業に騙されているんだと思う。そもそもおかしいよね。これまで邪険に扱ってたタケさんを社長にしたかと思ったら、続けて石松っちゃんにもこの会社を用意して。それが何かキナ臭いって、祖父ちゃんは前から言ってたよ」

「お、親分が？」

「うん」

森野にとっては吉良老人の言葉は神のお告げに等しい。凛華とのこの会話で、森野の気持ちはグッとこちら側に傾いたようだ。

「で、み、みんなは、ど、どうしたい？」

森野は社員全員を見回した。いつもはどこを見ているかわかりづらい小さな目に表情があった。

（親分だ）

森野は草間たちの親分になっている。互いに命を預けられる親分子分の関係が出来上がったのではなかろうか。少なくとも森野はその覚悟でいてくれている。ここは子分を代表して草間が応えなければならない。

「やられるわけにはいきません。みんなでこの会社を守ります。ですが、この会社は神尾が経理で、いわば首根っこを押さえられている状況です。経済的に独立しようと思います。同じメンバーで別会社を作ります。その会社の業務については、いくつかアイデアがあります。社長はそこでも社長になってください。仕事を少しずつそちらに移して、富高興業が森野企画を利用しだすときに備えましょう。我々はこのメンバーで会社を存続させたいんです。社長、それでよろしいですか？」

間があった。森野は大きく頷いた。

「ま、任せる。お、俺は神輿だ」

ストンパイン

箱根研修旅行以来、森野も仲間になった。というか親分だ。この親分の下、次の動きを画策しなければならない。

「別に会社を作るのにはどうすればいいの？」

凜華がそれを心配した。とにかく隠密裏にことを運ばねばならない。

「そのことなんだけど、森野企画の仕事も続けながらになるから、別会社作りとその運営に専念できる人間が今の社員以外に必要だ。一人当てがあるから、その人物を引き込もうと思うんだけど」

草間の提案には誰からも異議は出なかったが、小川は、

「信用できる人ですか？」

とそれだけ心配した。

「大丈夫。そこは任せてくれ」

その日の仕事を早めに終わらせ、草間は新宿に向かった。新宿駅に着くと地上に出ずに地下街にある喫茶店に入る。

「よお、久しぶり」

待っていたのはかつての社長中野だ。

「元気だった？」

「うん、中野は？」

「ああ、ぼちぼちやってるよ」

「ゴルフは？」

「あんなもん嫌いだ」

「だろうな」

一から頑張って作り上げた会社をゴルフのせいで手放す羽目になったのだから、懲り懲りだというのが当然だろう。

会社を取られたときはあまりに唐突で詳しいことは聞いていなかった草間に、中野はどんな風に嵌められたかを説明してくれた。

「今考えれば簡単にわかることなんだけど、相手は元プロか、ぎりぎりプロテストに合格しなかったようなやつなんだよ。腕は確かな男さ。辻谷たちとゴルフするときには必ずそいつがメンバーにいた。俺は富高興業の社員だとばかり思ってたよ。賭けてやるようになって、最初は勝たせてもらってた。そこそこ小遣いになったんだ。で、段々レートが上がってきて、それでもしばらく勝ってはいたんだが、そこも向こうのシナリオ通りで、急に負けが込み始めたんだな。それも上手いんだ。勝つときは大勝ちさせてくれて、負けるときはぎりぎりの勝負になるんだよ。それで俺も熱くなっちまった。で、最後の大勝負でドッカンとやられた。あーあ、馬鹿だったよー」

博打のプロであるヤクザの企みだ。素人の中野など、赤子の手を捻るようなものだったろう。

「で、その後会社はどう?」

中野は今や他人の手に渡った会社の景気を心配した。

「あのままの感じでうまく回ってる」

「それはよかった」

本気でそう思っているところが、この男の人の好さを表わしている。

「中野の方の仕事は？」

「俺か」

中野は会社から去った後、自宅でパソコンの購入や管理をアドバイスする仕事を始めたという。どこかの会社に就職して人に使われるのは避けたようだ。

「まあ、サラリーマンの方が気楽ではあるんだけど、どうも自分のペースで動くことに慣れてしまうとわがままになってダメだね」

自嘲的な物言いでも、不貞腐れた印象はない。草間はこの友人にまだ野心があるものと見込んだ。

「中野に頼みたいことがあるんだ」

「え？　金ならないぞ」

「借金の申し込みじゃない。会社作りを指南してくれ」

会社を一から興すのは面倒な手続きもこなさねばならない。中野は三十代で独立したときにそれをやっている。行政書士や会計士も富高興業と繋がらないところと以前

からの付き合いもあるだろう。中野に頼るのはその点と、

「会社の業務内容もお前向きなんだ」

ＩＴの知識だ。

喫茶店で話し込んだのは一時間ほどだった。

「よしわかった。で、いつから行けばいい？」

この男が快諾するのは予想していた。中野のモチベーションは金ではない。リベンジのはずなのだ。

中野が加わってくれて、森野企画の仕事と並行して会社作りができる。社名は、

「ストンパイン」

これは小川の案だ。「ストン＝石」に「パイン＝松」で石松だ。

代表取締役は森野敏行。

会社所在地は草間邸。

草間邸には中野が毎日通い、翔太の開発したアプリの商品化と会社の登記を進めてくれた。

「翔太君の開発したアプリは売れるかもしれん」

中野は会ったばかりの翔太を高く評価した。そこそこ経営者としての才覚もあった男だ。人を評価する目は草間より確かだ。その経営者としての嗅覚を刺激したのであ

れば、期待が持てそうだ。

ストンパインの登記も終わり口座も開設した。そのタイミングで、森野の希望で吉良老人に報告に行くことになった。

平日の午後、東村山に向かったのは森野、草間、凜華の三人だ。

翔太の働きで得た情報を伝え、今後の作戦について説明した。

「やっぱりな。そんなことだろうと思ってたぜ」

吉良老人はさほど驚かなかった。親分として長く人の上に立っていただけに、人間の性質を見抜く目は確かだ。富高興業の重役陣を心底からは信用していなかったようだ。

草間は現状の分析も加えて説明した。

「ただ、田村貿易は裏の仕事だけでなく、表の仕事でもフィリピンのショッピングモールの事業に関わっています。ということは、富高興業としてもまだしばらくは田村貿易で裏の仕事を継続できると踏んでいるようです」

「ふむ、するってえと、森野企画が裏の仕事で利用されるまでにはまだ時間的余裕はありそうってことだな？」

「そうです。ですからそれまでに新しい会社『ストンパイン』の経営を軌道に乗せておかないといけません」

「その新しい会社じゃあ、どんな事業を？」

「定款には色々盛り込みました。これまでの森野企画でやっていた仕事に加えて、出版、ゲーム開発と販売、人材派遣、それと飲食業も」

中野によれば、定款は実際には手を出しそうにない事業を加えても構わないということなので、今後のあらゆる可能性に備えて多めに並べていた。

「わたし、昔からケーキ屋さんやレストランに憧れてたから、会社が上手く回ったらやらせてもらおうかな」

凜華は新会社「ストンパイン」に期待している。

「おうおう、そりゃいいな。何かやらしてもらいいな」

吉良老人の凜華に対する甘さは限度がない。目に入れても痛くない、とはこのことだろう。

「石松」

凜華には笑顔を向けていた吉良老人が思いつめたような表情になって、森野を呼んだ。

「すまなかった、この通りだ」

ベッドから足を垂らして座っていた吉良老人は、一度ベッドの上で正座に座り直して手をつき頭を下げた。

「お祖父ちゃん、膝が悪いんだからそんなかっこしちゃだめだよ」

凜華が悲鳴に近い声を出したが、吉良老人はしばらく頭を上げなかった。

それを見た森野はオロオロして、

「お、おや、親分」

いつもより吃音がひどくなり、老人の肩の辺りに手をやっている。

吉良老人はゆっくりと身を起こし、再び足をベッドから垂らした。膝の痛みもあるのだろう、それだけの動きだったのに息が荒くなっている。

「いや、おめえには謝らないわけにはいかねえよ。富高に跡目を継がせたのは、みんなのためと良かれと思ってのことだった。あんとき、柳地のマサにゃあ、考え直すように言われたんだ。だが、俺も剛士のことで、すっかり参っちまっててなあ、頭も回んねえ状態だった。富高は学もあって頭のキレる男だったから、みんなに悪いようにゃすめえ、と思ったんだ。ところが、蓋を開けりゃあ、露骨に差別しやがって。吉良一家で同じ釜の飯を食った連中がバラバラになっていく感じは寂しかったが、俺も引退した身で差し出がましい真似はするめえ、と見て見ぬふりをしちまった。あの野郎、体を張って筋通してきた石松をないがしろにしやがって、と何度腹が立ったかわからねえ。だが、おめえは腐ることなくコツコツやってたな。えらいぜ。できることじゃねえ。だが、ここに至って、ヤツらヤクにまで手を出してるとはな。吉良組はオンナとヤクでの商売はやらねえ、ってのが掟だったっていうのによ。ヤツら知らねえわけはねえ、もう金のためなら見境が無くなってやがるんだ。それも、おおかた辻谷か鈴木の描いた絵図に乗ってやがるんだろう。富高は保身に関しては本当にキレる野郎でな、どこかで自分が責任を被ることのないように予防線を張りやがるんだ。なにかありゃあ『おめえらが言い出したことだろう』って辻谷たちを責めるに決まってる。辻谷たちもそこは同じだからな、下に下にと責任を押し付ける形で、結局石松やタケが割を食うように仕組んでやがる。ほんとにおめえにゃあ、すまねえことをした。だが、こうして未然に防げる態勢を整えたのは上出来だぜ。草間さんも、ありがとうな」

今度は草間に向けて頭を下げる吉良老人だ。

「いえ、そんな。わたしたちは森野社長の下で働き続けることを希望してるんです。ですから、森野社長のためになることは、わたしたちのためでもあるわけで。それでみんな頑張る気になってるんです」

これは本音だった。小賢しい陰謀を巡らせる連中と純粋な森野との対決となれば、森野に味方したくなるのが当然だ。「所詮ヤクザ」はタカ坊こと小川の十八番だが、真面目に任侠の道を信じる森野と、金のために何でもする連中を同じヤクザとして括るわけにはいかない。

「そうかい、ありがとうよ。聞いたか石松。おめえはここに来て本当に人に恵まれたぜ。これまで耐えてきた甲斐があったなあ。あともう一つ、どうしても聞いてもらいてえことがあるんだ」

「へ、へい」

「タカ坊のことだ。あの子は親父の仇を討とうと躍起になってやしねえか心配なんだ。三十年も前のことで、時効だのなんだのと言ってはみたが、今度みたいに、ハイッキングってのか？」

「ハッキングだよ、お祖父ちゃん、ハッキング」

凜華は祖父のこの手の言い間違いには慣れていて、人前でも必ず修正する。

「お、ハッキングか、そうか、そういう手段で秘密が知れたり、あとは、なんだ、ほれ、昔と違って、指紋や血液型だけじゃなく、証拠になることがあるだろう。な、DDT鑑定とかな」

「DNA鑑定」

「ありがとよ、凜華。それで犯人の目処が立たねえとも限らねえだろ。で、犯人がわかったところで、それこそ時効だのなんだので警察も検察も動かねえ場合もあろうじゃねえか。そうなった場合、タカ坊が暴走するかもしれねえ。あの子は死んだ剛士の一粒種、忘れ形見だ。堅気のままの人生送らせてやらなきゃ、剛士に申し開きができねえぜ。な、わかるだろう？」

「へ、へい」

「おめえはまだいいけどよ、俺なんざもうじきあの世で剛士に会うんだぜ」

「い、いや、ま、まだ、そんな、親分」

「いいや、もうじきだ。そんときな、タカ坊のことでいい報告してえじゃねえか。頼む、頼むぜ石松。草間さんも頼むよ、タカ坊のこと」

吉良老人は感極まったのか、うっすら涙を浮かべている。

「わかりました。タカ坊は、話せばわかる人です。わたしたちの方でそこは気をつけて、いざというときには説得しますから」

草間の言葉に黙って頷(うなず)いた吉良老人が再び森野に目を向けると、

「ま、任せて、く、ください」

森野はそう請け合った。

企業保険

森野企画と並行してストンパインも動き出した。もっとも、森野企画と違って、こちらは人件費と経費が格段に安くつく。実質、月々の中野一人分の給料さえ払えれば問題ない。

ストンパインが最初に手掛けたのは、「オールマッチング」というアプリの開発だった。これは引きこもり時代に翔太が企画していたもので、

「上手(うま)く考えられてる」

と中野が感心していたものだ。

「オールマッチング」は名前の通り、すべての人々を繋(つな)ぐもので、例えば、仕事の欲しい人と人手を必要としている会社や店、部屋を探している人と借り手を探している大家、結婚相手を探している人、それぞれ必要に応じてここを覗(のぞ)けば解決できるというものだ。

「へえ、それは利用するたびにいくらかかかるわけですか？」

こういうことには疎い凜華が基本的なところを中野に尋ねると、

「利用者は無料。むしろ、仕事が決まった人には就職祝い、結婚する人にはそのご祝儀を出す」

という説明が返ってきた。当惑した表情の凜華が続けて尋ねる。

「それでどうやって収益を上げるの？」

「求職求人についての登録は最初無料だけど、求人の企業側からは成功報酬を貰(もら)う。あとは広告収入だね」

登録無料はどうしても必要だった。何しろ似たようなサイトはいくつもある。何か

で差をつけねばならない。最初は無料で登録してもらい、成功報酬と広告収入、上手く回ればそれで儲かるはずだ。しかしスタート時点で、求人を出してくれる会社が二百社は欲しい。そのための営業回りは重要だ。中野は中野企画のときからの顧客に話を持って行ってくれた。小川も森野企画の営業に合わせて「オールマッチング」を売り込んだ。

ウェブサイトの制作と求人で利用してくれる二百社を確保するための猶予期間は三か月で、これは結構タイトなスケジュールだった。サイト制作作業は中野と翔太が中心になって進め、その分草間が森野企画の仕事を一手に引き受けた。営業の方は中野と小川に頼ったのだが、これは予想よりも順調に数字を上げてくれた。これが翔太に近い年代の社員ばかりのベンチャー企業だと、ここでかなりの苦労をしたはずだ。

予定通りに公開された「オールマッチング」は滑り出し好調で、とりあえずすぐに中野の給料を賄えるようになり、この時点で成功と言えた。続いて中野は、

「次は、これも翔ちゃんが開発したゲームの販売だ。ゲーム制作は二人でやるけど、プラットホームをどこにするかなんてことは、みんなで相談しよう」

と言うが、これもどういうことだか他のメンバーには詳しい説明が必要になりそうだ。

そんなとき、三月十一日の震災に見舞われた。

森野企画のビルもひどく揺れ、東京で生まれ育って地震には慣れっこの草間も、このときばかりは、

（いつもと違う）

と直感した。

テレビでは東北地方の津波の映像も流れ、事態の深刻さに社内は静まり返った。

その日は電車が止まったものの、新高円寺からは西新宿も荻窪も歩いて帰るにしても大した距離ではない。仕事を早めに切り上げ、青梅（おうめ）街道を森野社長一人が新宿方面に向かい、他のメンバーは荻窪に向かって歩いた。中野は元々健康のために自転車を使って初台（はつだい）の自宅マンションから通っていて、社内では一番地震の影響を受けずにすんだ。

東村山の凜華の実家と吉良老人の「三つ葉ハウス」も大した被害はない、ということがわかり、

「わたしもストンパインに泊まらせて」

と凜華も一緒に草間邸に帰った。

震災の翌日からしばらく森野企画には全員出社せず、ストンパインでの仕事になった。そこでまた翔太には情報収集に時間を費やしてもらった。

田村貿易の関わるフィリピンのショッピングモールの計画は、順調だったものが若干の停滞を余儀なくされていた。一緒に計画を進めていた建設業者が震災の影響を受けたためだ。

田村社長にはまだ富高興業の裏の仕事についての情報は入れていない。これは森野社長にも了承してもらって決めたことだ。危うい立場の田村社長だが、富高興業に情報が漏れるのが一番怖い。田村貿易も森野企画もお飾りの社長が馬鹿に見えていなければならない。田村社長は何も知らない方が、現段階では安全だろう。

ゲーム開発が佳境に入り、翔太は日夜制作作業にかかりきりとなった。ずっと「ストンパイン」で仕事を続け、草間だけでは荷の重い量の仕事がある場合は、逆に森野企画に中野が来てくれる。元々本人がやっていた仕事だから何ら問題はない。むしろ中野がいてくれた方が営業の面でも大きな戦力だった。

その日も翔太はストンパインで詰めて仕事をすることになり、中野の方はいつもの自転車で森野企画にやってきた。ふだんは翔太が使っているデスクとパソコンですぐに仕事にかかった中野に小川が話しかけた。この二人もすぐ仲良くなり、長く「中野企画」の営業を一人でこなしていた中野に小川は頻繁に相談をしている。

「今日はこれから赤城屋さんなんですが」

「あそこは久しぶりのパンフの更新だね。この前はいつだったかな？　記録ある？」

「五年前ですね」

「へえ、そんなになるかな。あそこは奥さんの意見聞いた方がいいよ。社長の旦那より奥さんの方がセンスいいの。奥さんの意見を入れておけば、まず間違いない。旦那からクレームつくことはない。逆はあるけどね」

「わかりました」

「大丈夫、タカ坊ならあの奥さんも気に入ってくれるよ」

「だといいんですけど。いってきます」

そんな会話が耳に入り、草間も気分よく仕事にかかっていたとき、突然ノックもなくドアが開いた。

「！」

緊張が走る。そこには経理の神尾を伴った富高興業専務鈴木が立っていた。本来神尾が来る日はほぼ決まっていて、そのうえ来る前に必ず電話があるものなのだ。鈴木は入ってくるなり、中野がいることに気づいた。

「なんだ？　見かけねえ顔だな。あ、じゃねえや、知ってるよ、中野社長じゃねえか。あ、もう社長じゃなかったんだな。なんであんたがここにいるんだ？」

硬い表情で中野は押し黙っている。

「いえ、ちょっと仕事の手が足りなくなったものですから、お手伝いいただいてます」

草間はうまく説明したつもりだが、簡単に納得する鈴木ではない。

「へ、博打で取られた会社にノコノコやってくるとはプライドねえのか？　なんだ、こりゃこいつへの嫌がらせか？　石松の兄貴もやるもんだなあ」

中野の表情は硬いまま変わらないが、顔色は怒りで青ざめている。草間は鈴木の嫌味を止めようと再び口を開いた。

「いえ、ですから、慣れた仕事に……」

「うっせえ、おめえはすっこんでろ！」

鈴木が大声を上げたとき、森野社長が姿を現した。鈴木は一瞬意外そうな顔をした。こんな午前中の早い時刻から森野が出勤しているとは思っていなかったらしい。森野が「重役出勤」には無縁の社長であることを鈴木は聞いていなかったのだろう。

「森野社長、いらしたんですか」

急に一丁前のビジネスマン風口調になる。

「い、石松でいい」

「いえ、社長にそういう呼び方はできません」

「そ、そうか、じゃ、じゃあ、こ、ここが、お、俺の会社だと、わ、わかってるんだな？」

「そりゃもう」

「で、う、うちのしゃ、社員をし、締めてくれた、わけか」

「そんな締めるだなんて」

「あ、ありがとよ」

森野は鈴木の肩をポンポンと片手で叩くと、スッと首の辺りに手を当て、

「俺がおめえを締めてやろうか！」

急にドスの利いた声を放った。しかも少しの吃音もみせずスラリとだ。

鈴木はサッと身を翻し、

「じゃ、わたしはこれで、あとは神尾に聞いてください」

青ざめた顔でそれだけ言って出ていった。階段を一階まで駆け下りていく音が聞こえてくる。

「し、仕事のじゃ、邪魔した。な、中野さん、すまねえ」

森野社長が頭を下げるので、中野も恐縮して立ち上がり、深々とお辞儀した。

そのあとは神尾を社長室に招き入れ、凜華もまじえて何か話していた。

神尾が去ってすぐ昼休みとなり、食事のために森野が外に出ると、残った草間、凜華、中野で午前中の出来事を話した。

凜華が森野から聞いた話では、鈴木は典型的なチンピラ気質で、相手が弱い立場だ

といたぶるような物言いに終始するらしい。元暴走族の鈴木が組に入ったのは虎の威を借りるためだったと森野は軽蔑しているようだ。

「石松っちゃんが『締めてやろうか』って言ったら、鈴木のヤツ震え上がったでしょう？　あれは文字通りの意味で、石松っちゃんは柔道の締め技でほんの三秒で相手をオトすことができるんだって。鈴木はそれを知ってるから逃げ出したのよ」

「弱い犬ほどよく吠えるってほんとだね」

中野は苦々しい顔で首を横に振り、

「あの鈴木ってやつ、俺がここを取られるまでは『社長、社長』ってすり寄ってきてたのに。信じられないよ、あんな人間。ああ、いやだいやだ」

鈴木との関わりはかなり以前からあることを語った。

「それで神尾の用件はなんだったのかな？」

草間はそれが気になっていた。もしや、ストンパインの存在を嗅ぎつけられたのではと不安だ。

「それは、企業保険の話。ほら、会社が受け取り人になってかける保険ね。経営者や社員にかけられる保険なんだけど、江戸前保険のそれに加入してくれたら、丸の内銀行が融資してくれるって話」

「え？　融資の引き換えに保険に入れってこと？　そんな勧誘は違法じゃないのか

な？」

　中野が呆れた。

「そうなの？」

　凜華にはピンとこない話らしい。実は草間にも判断のつきかねる話ではある。だが、中野が言うように違法なことなら、これも裏の仕事の一環なのだろうか。

「で、社長はなんて答えたの？」

「辻谷の兄貴に俺は元気だと伝えてくれ、っていうのと、うちの経営は順調だから融資枠を広げる話はいらないんじゃないか、って」

　これは今日の時点では百点満点の回答だろう。

「神尾はそれで引き下がった？」

「それはそうですね、って答えてたよ。まあ、あの人もずっとうちの会社の業績見てるからそう納得するしかないんじゃない？　でも、融資枠が欲しいのは富高興業本体かも、とも言ってた。あれはもしかしたら本音だったのかもしれないね」

　翔太のハッキングによって富高興業本体の経営実態はわかっている。かなり手広い事業展開で、表向きだけでも優良企業だと思えたのだが、少しでも資金の余裕が欲しいと考えているのかもしれない。

「中野はどう思う？」

「うん。やっぱりどこかで法律に触れている話だと思うよ。この場合、一番怪しいのは丸の内銀行と江戸前保険の関係だな。どう考えても、銀行が特定の保険会社に便宜を図る意味がわからない。両方に悪いヤツがいて、それに富高興業が一枚嚙(か)んでるってことだろう」

これはまたハッカー翔太の出番になるかと思われたが、実際はもっとアナログな手法で真実を知ることができた。丸の内銀行の人間から直接話を聞いたのだ。

中野は「中野企画」の頃から丸の内銀行とつき合いがあり、知っている行員に連絡を取ってそれとなく探ろうとしたのだが、相手の方が実に積極的で詳細に真相を語ってくれた。

それによると、江戸前保険にかなりやり手の女性外交員がいるらしい。その女性外交員と頭取の関係から、丸の内銀行では、その女性に気に入られないと出世できないという仕組みがここ数年で構築された。

気に入られるためには、口先のおべっかだけではだめで、保険の契約数で貢献せねばならない。融資枠を増やしてほしいという企業に対して、江戸前保険と契約すれば、という条件をつけ、相手が承諾すればすぐにその女性外交員に連絡する。このやり口で江戸前保険は急激に契約数を増やしていて、その女性外交員は正社員でないのにもかかわらず江戸前保険の支社に自分の個室まで持っているという。

この違法な融資の裏のからくりを教えてくれた行員はその女性に取り入ることなく、出世コースから外された口だった。

「まあ、個人の保険より企業保険の方が保険会社としても掛け金が高くて美味しいのかな?」

「そうだろう」

そこまでは草間と中野は理解したが、

「で、富高興業はそれで融資額を増やしてもらったところで旨味はあるのか?」

この疑問で二人の会話は袋小路に入った。

融資額が増えたところで、月々保険料で消えていく金がある。資金繰りに苦しんで切羽詰まっている会社がとりあえずその場凌ぎで話に乗るのはわからないでもないが、富高興業は違法な薬物販売も含めて儲かっており、当座の金には困っていないはずだ。

富高興業の動機がわからない。外回りから帰り、そんな二人の会話を聞いていた小川が話に加わってきた。

「わからないですか?」

小川に尋ねられ、

「わからんね。タカ坊はどう推理する?」

中野が聞き返すと、

「草間さんもですか？」

草間にも確かめてくる。

「わからないよ」

と正直に答えると、小川は満足そうににやりと笑った。

「だから、そこは所詮ヤクザって話ですよ」

「どういうこと？」

「お二人とも、富高興業をまともな企業と同じに考えてませんか？　そりゃあね、健全な会社ならば経営者は事業の継続を望みます。自分が引退した後、あるいは死んだ後にも会社は発展して欲しいと願うものですよ。でもね、あいつらは違うんです。自分たちだけ美味しい思いをすればあとは知ったこっちゃないんです」

草間は中野と顔を見合わせた。

「やっぱダメだね、俺ら」

中野がしみじみ言う。ダメなのかどうかはわからないが、ここで富高興業のやり口に頭が回らず、小川に遅れをとったことは否めない。

「そうか、自分たちだけで金を分配し、すぐに会社から身を引いて、保険料の支払いは会社を引き継いだ者に降りかかるというわけだな」

草間の言葉に頷いた小川は、

「富高興業の幹部たちも世間一般的には退職する年齢を迎えますからね。金をふんだくるだけふんだくってトンズラする気でしょう」

と言い、それを聞いた中野が、

「イタチの最後っ屁だな」

天井を見上げて呟いた。

森野社長はうまくかわして、企業保険の話は棚上げになった。次にまた言ってくれば別の言い方ではっきり断ればいい。だが、富高たちが「最後っ屁」のつもりでいるとすれば、何か他のぼろ儲けのために森野企画を利用する時期は迫っているとみた方がいいだろう。

それからしばらくして、翔太が開発したゲーム「ポンポコ村」も発表となった。

「ゲーム業界は浮き沈みの激しいところだからね。結構大きかったゲーム制作会社が数年でなくなったりする。知り合いのゲーム会社の社長に聞いたんだけど、年間二〇本作って、一本当たればOKという世界らしい」

中野の説明によるとあまり最初から期待しない方がいいようだ。

「待てよ、逆に言うと、その当たった一本で会社の経営は成り立つわけか?」

「そういうことらしい」

「それこそ博打（ばくち）みたいなもんだな」

　と草間は口にした瞬間、目の前に明かりが射したような気がした。それは、草間の目の色に表われたらしく、それを見咎（みとが）めた中野が、

「どうした？　草間、何か勝算があるのか？」

　と不思議そうに尋ねてくる。

「いや、何でもない」

「ウソを吐くんじゃない。お前今絶対に嬉（うれ）しそうにした。言えよ」

「こういうのは口に出すとだめなんだ」

「もったいつけるなよ」

「……そうか、このゲームのビジネスというやつは博打みたいなものなんだろう？」

「まあ、そうだな」

「博打だっていうなら、うちの社長は元博徒だぞ」

「うん？　だったら？」

「いわば博打のプロだ」

「……だから勝てるっていうのか？　それ、楽観論の域を超えるな」

　中野は呆れて首を振り振り自分のデスクに戻っていった。

　しかし、草間の中でもう一人の自分が確信していた。戦争で家族をすべて失った吉

良老人も、柔道家の道を断たれた森野社長も、任侠(にんきょう)の道に身を投じた時点で人生が博打だ。安定した生活を諦(あきら)めている。だからこそ、ここまで苦労してきた森野社長は、大当たりする時期にさしかかっているのではないか。

会社の命運は社長の持っている運にかかっていると思う。

「オールマッチング」の方は順調だ。男女の怪しいマッチングを排除したおかげでスポンサー受けがいい。

これでゲームが順調となれば、森野企画からストンパインに全員で移っても大丈夫だろう。とりあえず富高興業に利用された場合の逃げ道は確保できる。

もう少しでなんとかなりそうだ、と希望の光が見えていた。

しかし、事態は劇的に悪い方に向かった。

弟分タケ

第一報はテレビのニュースだった。

【フィリピンのマニラ郊外で、日本人会社経営者が強盗に銃撃され死亡した模様】

夜九時、社員四人は草間邸からタクシーで西新宿の森野社長のマンションに向かった。初台に帰っていた中野とはマンションの前で合流だ。

マンションは高級でも、森野の生活は質素なものだ。家具も少なく、全員床に直接腰を下ろした。

「確かに田村社長のようです」

情報を整理したうえで草間から報告した。ネットのニュースでも、本名と年齢が流れている。十時のニュースでは顔写真も画面に映し出された。間違いない。

田村社長は、出来たばかりのショッピングモールからほど近い海岸で銃撃されたという。

森野の青ざめた顔がいつも以上に硬直して見えた。

田村社長がフィリピンのショッピングモールの仕事に関わりだして二年近く経ち、ようやく先週オープンセレモニーが催されたところだった。

「兄貴も一緒に行こうよ」

華やかなセレモニーを森野にも見せてやろうと、田村は誘ったという。しかし、森野は断った。凛華によれば、断った口実は適当に言い繕ったものだったが、本音は長い時間一緒にいると、つい翔太のハッキングで得た情報を口に出してしまうかもしれない、というものだった。

田村社長にこちらの得た情報を流さないという決定は草間たちが下し、森野に頼んだものだ。

（どちらが正しかったのだろう？）

今となっては考えても仕方のないこと、そうわかっていても頭をよぎる。

情報を共有した二人が一緒であれば、田村を森野は守れたかもしれない。

それとも森野も命を奪われる結果になったのだろうか。

森野は悔やんでいた。

マニラに誘われて一緒に行かなかったのは、草間たちに言われた通りに秘密を守ろうと思ったからだ。酔った勢いやなんかで油断して、ついつい口に出してしまう可能性を思い、口実を作って断った。だが、もう一つの本音は、タケに対して秘密を持つことが苦しかったのだ。何か騙（だま）しているような、嘘を吐いているような、そんな嫌な気分だった。

小川の兄貴のときと一緒だ。俺がそばにいれば守ってやったのに、そのことばかり考えてしまう。

タケとは兄弟分になって三十年以上になる。

「石松の兄貴」

出会ってすぐに懐かれた。いつも笑顔で駆け寄ってきたタケだった。それなのに何もしてやれなかった。たった一つの命さえ守ってやれなかった。

ああ、やっぱり小川の兄貴のときと一緒だ。一番肝心なときにいなかった自分。

タケが社長になったとき、素直に喜んでやれなかった自分。

親分とお嬢に諭されて、やっと素直になれたとき、晴れ晴れとした笑顔で喜んでいたタケ。

「兄貴も社長だなあ」

そう言って、蘭の鉢を抱えて森野企画に現れたタケ。

(おかしいなあ、涙も出ねえ)

何か悪い夢を見ているようで、考えがまとまらない。

これからどうする？　え？　これからどうすんだ？

そんな言葉が頭の中をグルグル回っているとき、誰かの声がした。

「もしかして、田村社長には企業保険がかけられていたのでは？」

それを指摘したのは中野だった。

この前、森野企画に鈴木がやってきたのは、本来企業保険に加入するよう説得するのが目的だったはずだ。その話をする前に森野を怒らせてしまい、鈴木は這(ほ)う這(ほ)うの体(てい)で帰っていき、残った神尾がその内容を伝えたのだった。

森野より前に田村貿易を任された田村社長にはもう保険がかけられていた可能性が

ある。つまり、田村の死で田村貿易に、ひいては富高興業に数億円の金が入る可能性があるわけだ。

「すると……本当に強盗だったんですかね？」

小川がこの時点では触れてはいけない話題を持ち出した。

それを耳にした森野が突然立ち上がった。

証拠固めを必要とするのは警察や検察の「お上」の立場だ。ヤクザにはそんなものは必要ない。状況証拠だけで誰が悪いか判断する。

元々ヤクザ同士の争いで警察に訴えるヤツはいない。そんなヤツはお笑い種で、ヤクザの世界では生きていけない。

警察の手を借りずに犯人を割り出し、罰を与える。それがヤクザのやり方だ。

タケが死んだ。殺された。

ここは一番得するヤツが犯人ってこった。

と、思った途端に森野は立ち上がっていた。

「やめてください」

「やめなよ、石松っちゃん」

無言のままの森野でも、何をするつもりかわかる。

殴り込みだ。

古いタイプのヤクザ森野敏行は、そうやって筋を通して消えていくつもりだ。それがわかるから、社員全員で止めた。

「ど、どけよ」

体中に怒りが充満しているはずなのに、森野は冷静に見えた。怒りを爆発させるのはここではないからだろう。決して社員に乱暴は働かない。しかし、それでも体力では社員が束になっても敵わない。ここに押しとどめるのは難しい。

言葉はさらに無力と思われた。

「社長、やめてください」

「ここは冷静にお願いします、社長」

「石松っちゃん、やめてよ」

どれも森野の足を止められそうにない。

そのとき、草間が声を張った。

「親分！」

それを聞いて、他の社員は口を閉じた。

「親分、親分なんですよ、社長は。森野企画もストンパインも森野一家なんです。あなたは森野一家の石松親分です。わたしら子分なんです。子分を見捨てないでください。親分てそんなものでしょう？　体を張って子分を守ってくれるんじゃないんですか？　やるんなら森野一家全員でやりましょう。やり方はこれから考えようじゃありませんか。絶対にヤツらの息の根止めてやりましょうよ。ですから、ここは、今日のところは落ち着いてください」

言い終わった森野の周囲で社員全員が一斉に頷(うなず)いた。

それを見て今度は森野が大きく頷いた。

田村武彦の葬儀は都内の斎場で田村貿易の社葬として執り行われた。

富高興業の関係者が多い中、隅の方に田村の親族が数人表情を硬くして控えていた。森野と同様に独身だったため、親族は妹とその家族しかいない。

（あれがタケの妹か）

田村は森野にたびたび妹のことを語っていた。

「あいつは妹のあなたを自慢してました」

そう語って聞かせたいが、強面(こわもて)の森野が急に近づいては怯(おび)えるに違いない。死んだ兄のことを話すのはまた別の機会にしよう。

今日は社員も参列させている。富高興業の役員他関係者の表情を観察するように言ってある。今は末席で周囲に目を配っているに違いない。焼香の際には介添えしなければならない。

森野自身は前の方の席で吉良老人の隣に座っていた。焼香の際には介添えしなければならない。

社員たちのおかげで正体のわかった連中、富高を筆頭に辻谷と鈴木が沈痛な面持ちで並んでいる。裏を知っている今はその白々しさに吐き気がする。おそらくこいつらにとって田村貿易と田村社長は用済みになったのだ。

葬儀が終わると、

「俺はこれで失礼する」

そう吉良元親分に言ってもらって、さっさと帰った。森野企画の社員は全員一緒だ。タクシーでストンパインまで帰り、そこで会社のミニバンに乗り換えて吉良老人を東村山まで送る。運転は草間で、凜華も一緒だ。

車はストンパイン名義だ。元は中野個人の所有で、中野企画の名義にしていなかったために、会社を取られたときにもこの車は手元に残った。いずれ買い取る約束で今はストンパインで使わせてもらっている。七人乗りだが、特に二列目の座席がゆったりしている。その二列目に森野と吉良が座り、凜華は助手席に座る。

「こいつはいい車だな。俺の若い頃はリンカーンに乗って粋がってたり、リムジンでふんぞり返った親分なんていたがな、こういう方が品があっていいやね」

吉良元親分はご満悦だ。

「どこかにおでかけになるときはいつでも言ってください。この車を出します」

草間の言葉に、

「いや、そう言ってもらうとありがたいんだが、今は滅多にでかける機会はなくてね。今日みたいに葬式に出るぐれえのもんかな。……しかし、自分より年下の人間の葬式ってのは嫌なもんだな。まあ、この年になるとその機会も増えるが。……石松もタケに死なれてつれえな」

「へ、へい」

「いい奴だった……」

悲しみを新たにして吉良老人は洟（はな）を啜（すす）った。

「石松、おめえだけは俺より先に死ぬのは許さねえからな」

「……」

森野は無言で頷いた。

「石松も一番心を許した兄貴分と弟分を亡くしたなあ。つれえ話だ。俺も一番の兄弟分が二人とも先に逝っちまった。カツ、マサ」

「え？」

草間の反応に吉良老人も当惑したのか、

「草間さん、どうしたい？」

怪訝そうな顔でルームミラーを見て、その中の草間と目を合わせた。

「いや、凜ちゃんのお祖父さんはご存じなかったですかね？　わたしは名前が克昌なんで、呼ばれたのかと思いました」

「お、そうか、カツマサか。こりゃあ奇遇だ。俺の一番の兄弟分がカツとマサの二人なんだ。カツはずいぶん若いうちに出入りで死んじまってね。マサは堅気になって長生きしたんだけども、これも先に逝っちまった。だがまあ、これはそれなりに長生きしたから、諦めにゃならねえ話だけどね」

それからしばらく吉良老人は無言で車窓を流れる街の風景に目をやっていた。

「お祖父ちゃん、田村さんは企業保険に入ってたらしいのよ」

助手席の凜華が振り向いて話しかけた。

「なんだそりゃ」

「だからね、田村さんが亡くなって田村貿易には大金が入ったはず。それが富高興業に吸い上げられて、田村貿易は解散になるんじゃないかな」

「おうおう、例のキナ臭え話の続きってこったな。そりゃあ、全部計算ずくってことになりゃあ、タケは……そういうことかい」

「証拠はまだないけどね」

吉良老人は考え事をしているのか、あごの辺りを撫でていたが、一つ咳払いをすると口調を変えて話し始めた。

「こっからはいつもの老いぼれの世迷言、まあ、独り言を聞いていると思ってくれ」

「へ、へい」

「俺はな、剛士の件じゃあ、ずっと胸につかえてることがあってなあ……あの夜のこと、覚えてっか？　石松」

「へ、へい、そ、そりゃもう」

「ひでえ雨の夜だったな。剛士が刺されたって報が入って、すぐにおめえは病院に走った」

苦い思い出に渋い顔で森野は頷いた。

「その後だ。剛士がやられたからにゃあ、どこかの殴り込みがあるんじゃねえかってんで、部屋住みのやつはもちろん、近所に住んでる連中も慌てて駆け付けた。そんときよ、見慣れねえ茶髪に革ジャンの若いやつが家の表にいた。覚えてるか、吉良一家の玄関はガラス戸で家紋が入ってた。その家紋ごしに向かいの電柱の陰に立ってる、そいつが見えたんだ。ズブ濡れでな。富高が追い払うように言って、辻谷がそいつに近づいて何か言ってたな。次に見たときにゃあそいつはいなかった。でもまあ、そんときはそれどころじゃない騒ぎだ。明け方に剛士は死に、それから通夜だ、葬式だ、で俺は何だか宙に浮いているような感じだったなあ。でな、四十九日過ぎた頃に五厘刈りの若いのが富高の子分てことで挨拶に来た。鈴木だよ。そのときは何とも思わなかったんだがな、ずいぶんしてから、あの革ジャンの茶髪が鈴木じゃなかったか、とふと思ったんだ。そのうち間違いねえ、あいつだ、ってな、今じゃあ確信してるんだ」

しばらく意味のある沈黙があった。

「疲れた。ちょいとしゃべり過ぎたようだ」

吉良老人は森野に言ってリクライニングシートを倒してもらい、背もたれに身を預けた。

「……石松、今のは独り言だ。だからどうってことじゃないんだがな、このまま墓の中まで持っていくべきだったかもしれねえが、まあ、ここにいる者だけの話にしてくれ。特にタカ坊にゃあ聞かせちゃなんねえぞ」

「へ、へい」

ポンポコ村

草間家のリビングに置かれていたソファは凜華のために取り換えられた。新しいものは、簡単な操作一つでベッドに変身するソファベッドだ。

分の掃除もやる。

結局凜華は草間邸に常駐となった。三人の男たちの朝食と夕食を準備して、共用部分の掃除もやる。


草間は凜華の部屋がないことで反対していたのだが、

「一人になりたいときは東村山に帰るし」

と本人が意に介さなかった。寝ている時間以外はプライベートな時間がなく疲れるだろうと思う。ただ、

「だって面白いし」

凜華は二つの会社の仕事に熱中している。両方の動きを知るには新高円寺の森野企画から荻窪のストンパインに帰ってくると効率がいい。

寮生たる二人、小川と翔太は、当初半年から一年ここに住むはずだったものが完全に根の生えた状態になっている。これも、森野企画とストンパインの両方で成果を出すためには仕方のないことではあった。

ストンパインで最初に成果を出した「オールマッチング」のアプリも利用者が増え続けているが、次に手掛けたゲーム「ポンポコ村」はいきなりの大ヒットとなった。

発売三か月目の中野との会話を草間は鮮明に覚えている。

「『ポンポコ村』の調子はどう？」

森野企画から帰った草間が尋ねると、中野は、

「調子？　いいよ、今三百万だな」

と答えた。

「それは上出来だ。月三百万円入るんなら中野の給料も上げていいんじゃない？」

これは中野を喜ばせようとして口にした言葉だったのに、当人は実に冷ややかな表情を見せてこう言った。

「何言ってんだ？　日商三百万円だ」

「日商？　えー！　一日三百万⁉」

しばらく口を開けたままの草間に、

「ゲームの世界は全世界を相手に商売するわけだから、ヒットすればどんどん売り上げは伸びる。中には日商数億円なんていうお化けゲームもあるんだ。『ポンポコ村』はまだまだいくぞ」

中野は冷静に説明してくれた。浮かれていないところがまた頼もしい。草間はそんな中野と目を合わせたまま、三百万×三十日×十二か月の計算をしているのだが、どうしても桁(けた)を間違えてしまう。それも少なめに間違えては修正して、

（いやいや、これから一日の売り上げはまだ伸びるだろうし……これは宝くじ当てたなあ）

と喜ぶというよりは放心状態に近い。

「しかし、草間の見立ては当たっていたかもしれん」

中野の言う意味がわからない。学生時代にRPGにはいくつかハマった経験はあるが、「ポンポコ村」の面白さにはピンとくることのなかった草間だ。

「どんな見立てしたっけ？」

「ほら、社長が博徒だったからって」

「あ、あれ」

そうだ、これも森野社長の持っている運なのだろう。自分で言いだしたことなのだから、ここは納得するしかない。

翌日、社員全員を前にしてこの状況を説明した。

「これまで森野企画からストンパインに社長以下全員で移ることを目標にして一丸となって頑張ってきました。皆さんご苦労様でした。数字上それはすでに達成されました」

草間の報告に全員が拍手で祝う。続いて中野が詳細を報告する。

「草間君にはずっと甘えてきていたので、なるべく早くストンパインの事務所を借りる相談をしてきましたが、今はそれどころか自社ビルの建つ勢いです」

月商一億円に迫っているからそれもありだろう。だが、誰もまだ実感が湧かず、どうするべきか具体的な案は出なかった。この日は、森野社長から、

「み、みんなに、ボ、ボーナスは？」

との提案があった。それでタカ坊と翔ちゃんは好きなところに住めるだろう、というのだ。どうやら、草間に二人の家賃を払ってくれている間も、迷惑だろうと気に病んでくれていたらしい。草間は何度も、

「いや、楽しいですよ。仲良くやってますから」

と言ったものなのだが。

その後も売り上げは伸び、ついに日商五百万が迫ってきた。単純計算で月に一億五千万円の売り上げだ。今すぐ森野企画からは撤退できる。全員ストンパインに移り、富高興業と縁を切れるのだ。

今後どうするか、全員で話し合う場を再び森野企画で持った。

「社長、どうなさりたいのか、みんなに説明してください」

司会役の草間に促された森野は立ち上がると開口一番、

「タ、タケが、い、石松だ」

と言った。この言葉の意味は続いての、

「ほ、本の話だ」

で社員全員に伝わった。確かに【森の石松が殺された夜】の石松の役回りは田村社長となった。次郎長一家は富高興業だ。

森野はあの事件で死ぬのはタケではなく自分だったのかもしれない、と語った。そして、みんなのおかげで大変な業績を上げた会社だが、このまま自分だけいい思いをするのは申し訳ない、みんなには悪いが、まずは田村社長殺害事件と田村貿易が裏の仕事に利用されていた件の決着をつけるために金を使わせてくれないか、と頭を下げた。

社員に異存はない。この大儲け(おおもう)けの一番の功労者は社長の甥(おい)である翔太だ。森野が会社を任されることがなければ、藤井翔太はここにはいなかっただろう。

問題は今ある金をどう生かして、富高興業に打撃を与えるかだ。

ここからは社長の意思を尊重しながら社員全員で作戦を練ることになった。

まず金で解決できる問題からだ。

富高興業は株式会社ではあるものの、株式を公開していない。誰が株主なのかがわからないが、これは吉良老人に確かめることになった。

そしてどこに株式証書があるかわかれば、それを買い集めて富高興業の筆頭株主を目指す。株主の立場から彼らの悪事を追及するのだ。

田村社長殺害事件についてはどう出ればいいか、これに森野社長は、

「お、俺も、ほ、保険に、は、入ろう」

と言い出した。

「どういうことですか？」

草間が質すと、凜華が代わりに答えた。

「社長は田村社長と同じ保険に入って、相手の出方を見ようと言うの。つまり罠を張ろうということ」

自ら囮になる気だ。

「それは危険です」

草間は反対した。他の社員も草間と同調する。

「相手はプロの殺し屋だと思われます。どうやったって我々では太刀打ちできません」

草間は正直に自分たちが力不足であることを告げた。

銃撃された田村社長に抵抗や避難した形跡はなかったという。一瞬の出来事に、殺された本人も何が起こったのかわからないままだろう、と言われているほどなのだ。

そんな相手に素人が束になってかかっても通用すまい。

「だ、大丈夫。み、みんなには、め、迷惑かけねえ」

森野の言葉に社員は一斉に反対の声を上げた。

しかし、森野の意志は固い。

「か、会社が、せ、成功したのは、み、みんなが、か、体を、は、張って、が、頑張ってくれたからだ。お、俺は、な、何もしてない」

だから、今度は自分が体を張る番だ、と森野は主張した。

草間はここでちょっと泣きそうになった。

この人は学歴も資格もなく、ヤクザとしても不器用に生きてきた人なのだ。だが、この大きな誠意だけは誰にも負けない。

この社長を、親分を、死なせるわけにはいかない。

それはここにいる社員全員の気持ちだと自信を持って言える。自分たちの頑張りを認めてもらえたのは嬉しいが、それぞれ自分の出来ることを続けただけだ。誰も命までは懸けていない。

さらにみんなで話し合い、森野に次のことを約束してもらった。

命の危険を感じた際にはまず逃げること。

富高側に何か誘われた場合は誰か他の人間を伴うこと。

この二つだ。もっと付け加えようとしたのだが、現実的には最低限これだろう、ということになった。これなら森野も守れるだろう。

翌日、草間はさっそく凜華とともに吉良老人を訪ねた。

「よう」

吉良老人は凜華の顔を見ると機嫌がいい。このところ草間たちが訪れる機会が増えてから幾分顔色が良くなったように見える。人と触れ合うことは若返りの作用がありそうだ。

「富高興業の株のことなんだけど」

凜華が切り出すと、吉良老人は記憶力の衰えていないところを見せた。

富高興業創立当初に投資した人物が株主だ。これは、元の吉良一家とつき合いのあった親分さん中心に一株五万円で百株か二百株、一人五百万か一千万で、全部で一億集めた。その頃はバブル全盛期でもあり、投資した分はすぐに回収できたと投資者の一人でもある吉良老人の証言だ。

「だから誰も損しちゃいねえ。その後の株主への配当は、当人にとってはすべて儲けになるわけで、その額についてとやかく言う者はいなかった。富高からすればちょろい相手だな」

という話だ。

吉良老人は投資した十二人の名前をすべて思い出してくれた。元々縁のあった人たちだから覚えていたのだろう。

「その方たちから株券を譲っていただきたいんですが、ご紹介いただけませんか？」

草間の依頼に吉良老人は二つ返事ですぐに電話をかけてくれた。紹介してもらった後は、先方に出向いて直接交渉だ。基本的に当時投資してもらった額の二倍でお願いした。元々そのときすぐに回収できた投資だ。それからちょこちょこ配当も得て、ここに至って投資額の倍が手に入るとなれば悪い話ではない。中にはすでに故人となった元親分もいたが、遺族も異存なく話に応じてくれた。

柳地市の石川正克の遺族の元には、吉良元親分と森野社長を伴って訪れることになった。

「マサの葬式以来だな。だがまあ、今日は悪い話じゃねえ。喜んでもらえるからいいやね」

吉良老人はご機嫌だ。

吉良老人と森野は何度も訪れたことがあるというが、草間と凜華は初めて目にする街並みだ。

「駅前にしては静かね」

助手席の凜華が呟く。

車を駅前のコインパーキングに入れ、吉良老人の車椅子を下ろす。目的地は商店街の入り口だから、移動は短距離で容易だった。

アーケードの中に人影はない。柳地駅前商店街は今やいわゆる「シャッター通り」になっている。布団専門店「若松屋」も店主が亡くなってすぐに畳まれたが、この日だけシャッターが開いていた。

「ごめんください」

凜華が声をかけ、森野の押す車椅子の吉良老人を先頭に、もはや商品の置かれていない店内に入る。

「いらっしゃい」

声がしてすぐ中年の女性が現れた。

「おじちゃん久しぶり」

亡くなった店主の娘さんに順に挨拶して奥に進む。店の奥のかつての自宅に石川夫人が待っていた。

ダイニングテーブルに夫人と吉良老人、森野に座ってもらい、草間と凜華は娘さんの出してくれた座布団を使った。流石に元布団店らしく、高級感のある座布団だ。

石川夫人は夫を亡くしてからは近くに住むこの娘さんと一緒に暮らしていて、ここには久しぶりに来たという。

「すみません。わざわざ開けていただいて」

草間が恐縮すると、娘さんの方が、

「いえいえ、ふだん使っていない建物ですから、たまにこうして空気を入れ替えた方がいいんですよ。ついでと言ってはなんですけど、こういう機会でもなければ億劫(おっくう)になってしまって、なかなかそれもできてなかったんです」

そうにこやかに応じてくれた。

柳地駅前はこれから再開発が始まり、商店街のアーケードも撤去されて、そのときにこの店舗も一旦更地になる。

「お父さんが先代から引き継いで頑張ってくれたお店ですけど、その歴史も終わりです」

地方都市がそれぞれの特色を失ってどれも似たような風貌に変わっていくのは寂しいが、当事者である石川母娘はそれを潔く受け入れている風だった。

株券を買い取るための二千万円をストンパインは現金で用意していた。テーブルに置かれた札束を目にして、母と娘は喜んでくれた。それは大金を手にしたからではなく、

「石松っちゃんも大成功したねえ」

昔馴染みの森野の事業成功を喜んでくれたのだ。

「うちのお父さんはずっと石松っちゃんのこと心配してたの。何か吉良のおじちゃんが引退してから周りとうまくいってないんじゃないかって。こうして社長さんとして成功していると知ったら、お父さん、どれだけ喜ぶか」

娘さんがそう述懐する横で、石川夫人はハンカチで目元を拭っていた。

森野は座ったまま深く頭を下げ、吉良老人がその丸い背中を叩きながら、

「こいつ、マサにまで心配かけやがって……でもまあ、万事うまくいってる。俺もあ

の世でマサにいい報告ができるぜ」

と目を潤ませて語りかける。

草間は会ったことのないこの店の主の人生が、静かで充実したものであったことを知った。それは数十年彼が過ごしたこの家の空気でわかる。

(よかった)

草間はかつての出資者に会って回ったのは正解だと思う。この家に限らず、どの出資者とも話が拗れることはなかった。皆歓迎してくれたのは、吉良老人と森野社長のおかげだ。かつての円滑な人間関係の延長線上で話を進めることができた。

草間が知ったのは、森野が周囲から愛されていたことだ。任侠の人ばかりでなく、堅気であるその家族までもが、この無口な男を信頼しているのだった。

父のスーツ

タカ坊こと小川剛明は、

「親父を殺した実行犯はわかんないけど、黒幕は富高だと思う」

と主張しだした。

草間と凜華は決して吉良老人の証言を小川の耳に入れていない。吉良老人に釘を刺されているから、小川を刺激しないよう、そこは気を遣っている。

小川の主張のきっかけは翔太のハッキングだ。他人を犠牲にすることも何ら躊躇しない富高興業の金儲けのやり口を知った。そして、

「小説と違って殺しはしないだろう」

と楽観していたところに田村社長事件だ。自分の父親の事件もこれと同じと判断するのも当然かもしれない。

「ヤクザ同士のことだから証拠とかなんとか、かったるいこと言わなくていいんでしょう？」

それはどうかとも思うが、確かに状況証拠の持つ力は公式な裁判よりも強いのがヤクザ同士のやりとりかもしれない。

「でも俺たちヤクザじゃないからね」

草間が敢えて言うと、

「それはわかってます」

という反応だったから、吉良老人の心配する暴走はしそうにない。

「あいつらずるいからね。自分はリスク背負わないのさ。今度の事件もそうだけど、たぶん親父のときも同じだよ。自分の手を汚す度胸はヤツらにはない。きっと誰かを雇ったね。だから犯人は捕まらなかった。動機がない人間が犯人だと捜査は難しいも

の。動機があるのは黒幕の方だ。その動機もわかってる。一つには吉良組の跡目争いがあるけど、でも親父を殺した一番の動機は嫉妬だと思う。富高も辻谷も人気のあるヤクザだった親父に嫉妬したんだよ」

これは結構当たっている推測ではなかろうか。

亡き父の情報を徐々に得るに従って、小川の中で父を慕う気持ちが高まったようだ。その気持ちを電話で北九州の母親に告げるとかなり喜んでもらえたらしい。最近になってその母親から送られてきたものがあった。

『お前もお父さんが亡くなった年齢になったんだから、これを持っていなさい』

という手紙が添えられた父親のスーツだ。

小川剛士はお洒落な人で、ダークスーツと真っ白いスーツをそれぞれ何着か持っていたという。さっそく小川が袖を通すとぴったりのサイズで、吉良老人の言っていた「瓜二つ」というのは本当のようだ。

サイズが合っただけでなく、亡父のスーツが小川にはよく似合った。着こなしている感じがあって、高級なスーツに負けていない存在感を醸し出すのだ。

白のスーツ姿の小川は、古い映画好きの翔太に言わせると、

「ケビン・コスナーの『アンタッチャブル』でショーン・コネリーを殺した殺し屋に似ている」

そうだ。これには中野は、

「似てるのスーツの色だけじゃん」

と指摘して、しばらく映画談義を続けていた。よく言えば、ハリウッド映画の登場人物に引けを取らないカッコ良さが小川にはあるということになる。

会社での昼休みにそんなファッションショーをしているところへ、森野社長が食事から帰ってきて、タカ坊の姿を吉良老人にも見せたいと言い出した。

さっそく次の土曜日に「三つ葉ハウス」に行き小川の白いスーツ姿を披露すると、吉良老人と森野から、

「オールバックにしてくんな」

「オ、オールバック」

とのリクエストがあり、その場でオールバックにしてみせた小川を見て、二人とも涙ぐんでいた。

「なあ、石松、剛士が蘇ったようだと思わねえか」

「へ、へい」

父と息子がどれだけ似ているものか見当のつかない草間でも、この二人の感激ぶりを見て胸の詰まる思いがした。

「タカ坊、ありがとう、ありがとうよ。そうやって親父の服を着るのはいい供養だ。

でな、おめえは親父の分まで長生きしなきゃあいけねえぞ。おっかさんを泣かすなよ。おっかさんは、タカ坊の幸せだけが生き甲斐なんだ。わかってんだろう？」

「はあ、そうですね」

小川は困ったように頭を掻いた。

「そうそう、あいつはそんな風に頭を掻いて照れたんだ、うう……」

そんな癖や仕草も似てくるものらしい。

「いや、ほんと剛士にまた会えるとは思わなかったぜ。死ぬ前にいい思いをさせてもらって、ありがてえや」

この吉良老人の「もうすぐ死ぬ」話は、ここに来るたびのお約束で、毎回「そんなことありません」「長生きしますよ」の声をかけねばならず、みんなそのタイミングに慣れてきたものの、若干めんどくさい。だが、基本的にみんな吉良老人のことは好きだから、その「お約束」を必ず果たす。

「草間さん、タカ坊のこと頼むぜ」

吉良老人は泣き顔のまま念を押してきた。

「わかりました」

草間も承知している。小川を犯罪者にしてはならないし、危険な目に遭わせることもしない。しかし、

（ここはタカ坊に頑張ってもらおう）

草間の中で一つのアイデアが浮かんでいた。

「この前の企業保険のことで」

富高興業に問い合わせると、鈴木がすぐに飛んできた。

「こ、この前は、わ、悪かったな」

森野は、あれから色々考えて保険の必要性に気づいたと言った。

「でしょう？　森野社長もお元気だとは思いますが、いつ何があるかわからないすよ」

「タ、タケの、こ、こともあるしな」

森野がぼそりと言えば、

「そうですよ」

と応じた鈴木は何やら挙動不審だ。

「そ、それに、ゆ、夢に出てきたんだ」

「え、誰が？　田村社長がですか？」

「お、小川の、あ、兄貴」

ここで鈴木の目はわかりやすく動揺の色を見せた。

「お、おめえは、し、知らねえよな、お、小川の兄貴」

「……知らないす」

「ゆ、夢の中で、し、白いスーツの、あ、兄貴が、『い、石松、ゆ、油断すんな』って」

「そう言ったんですね？　小川の兄貴が」

森野が無言で頷く(うなず)と、鈴木はこの男らしくない神妙な表情で言った。

「そんなこともあるかもしれません。いや、そう、石松兄貴のことを心配してるんですよ」

「あ、兄貴じゃねえ、しゃ、社長と呼べ」

「すみません。社長のことを心配しておられるんでしょう。じゃ、江戸前保険にここに来るよう言っておきます。いつがいいですか？」

ここから先は凜華の出番だ。日時を決め、鈴木も同席するよう念を押した。

指定の日、噂の江戸前保険の女性外交員がやってきて、社長室で説明と手続きを始めた。狭い社長室は森野とその外交員と鈴木の三人で満員となり、出てきた凜華は草間と翔太とひそひそ話だ。

「何、あの人。男の人はあのタイプに弱いのよね？」

凜華が言えば、

「なんか全体的にエッチですね」

翔太も頷きながら応じる。

「翔ちゃん、大丈夫？　引きこもりが長かったからああいう女性に免疫ないでしょ？」

「逆に大丈夫っす。怖いから」

「そうよね。近づくと翔ちゃんなんか一たまりもないわよ。草間さんも弱いでしょう？」

凜華は疑わし気な目を草間に向けてきた。

「そんなことないよ」

「ウソ。見たでしょ？　あの胸にあのお尻」

確かに見た覚えはある。その視線をチェックされていたとは油断した。

「どうも、社長ありがとうございました」

そこへ手続きを終えた外交員が出てきた。三人で彼女を見送った後、社長室から出てきた鈴木を凜華が呼び止める。

「鈴木専務ちょっとよろしいですか？」

「何？」

一仕事終えて鈴木はご機嫌だ。凜華は鈴木に椅子を勧めると、

「専務は霊魂の存在を信じます？」

単刀直入に切り出した。

「え？　いや、どうかな」

「わたしは信じません」

「あ、そう。そうだよ、霊魂なんて信じる方が変わってんだよ」

「でもですね、ここはお祓いした方がいいかな、って思ってて……」

「ここって、この会社？」

「そう……ここ……出るんです」

「何が？」

「幽霊」

「見たの？」

「ええ、みんな見てます。……わたしも」

「え？　信じないんじゃ……」

「信じませんよ。だけど見えましたからねえ、これはどうしたものかと」

「夜？」

「え？」

「夜出たのかな？」

「それが昼間からなんです、笑っちゃうでしょう？」

凜華が笑うと、鈴木も「ははは」と力なく笑った。

「で、幽霊がどこに？」

「わたしが見たのは、そこのドアを……」

言いながら凜華は会社の入り口を指さした。

「出たところで、階段の上の踊り場に立ってました」

「……」

「男の人。白いスーツを着てました」

その瞬間、明らかに鈴木の顔から血の気が引いていた。少し沈黙があり、鈴木は草間に顔を向けてきた。

「草間さん、あんたも見たのか？」

仕事しているふりをしていた草間だが、ここは迷惑そうに、

「え？　何ですか？」

とパソコンのモニターから目を逸らさずに応じる。

「だから、あんたも見たのかって」

「何の話？」

迷惑そうな顔のまま凜華に尋ねる。

「ほら、例の幽霊」

「ああ、見ましたよ。翔ちゃんも見たよね？」

翔太に振れば、

「ええ、見ました」

これもパソコンの作業を止めずに応じる。草間の耳に鈴木のゴクリと唾を飲み込む音が聞こえ、さらに問う声が続いた。

「階段の上にか？」

「いえ、わたしの場合は残業してたらですね……」

ここまではパソコンに向かって呟き、そこから鈴木の目を見て、

「そこに立ってわたしを見てました。ほら、そこ」

草間と翔太が同時に座っている鈴木のすぐ後ろの辺りを指さす。バネ仕掛けの玩具の勢いで鈴木は立ち上がった。

「な、何？」

その物音に驚いた態で森野が社長室から顔を出す。真っ青に固まった鈴木の様子を気にすることもなく、凜華が応じた。

「あ、すみません。社長、今鈴木専務にお祓いの相談してたところです」

「だ、だめだ」

「ええ?! だってみんな見てるし。社長も見たんでしょう？」

「ああ。な、なんだよ、り、凜ちゃん、れ、霊魂信じない、く、くせに」

「信じてないけど、見えたから困ってるんです。お祓いしましょうよ」

「だ、だめ」

「どうして？」

「あ、あれは、ぉ、小川の兄貴だ」

「タカ坊のお父さんですか？」

森野はここで重々しく頷いた。

「……」

鈴木は完全に硬直してしまった。その鈴木に凜華が話しかける。

「社長は小川さんを見守るためにお父さんの幽霊が来てるんだって言うんです。ナンセンスですよね」

鈴木は声を発することはおろか、頷くこともできそうにない。

「ナンセンスなことはないよ。タカ坊は子どもの頃からずっと見てたらしいもの」

草間の言葉に続けて翔太が、

「ええ、白いスーツの人がずっとそばにいて、それが当たり前になってたから不思議とも何とも思わなかったって言ってましたね」

もっともらしいエピソードを付け加える。

「もう、いやだなあ、みんなタカ坊のお父さんだと信じてるのね。……というわけです、専務。わたしは富高興業の方で懇意にしている神主さんでも紹介していただこうと思っていたんですけど、お祓いはなしです。どうもお引き止めして申し訳ありません」

凜華が丁寧なお辞儀をすると、青ざめたままの鈴木は挨拶もまともに返さずにドアを開けて出て行った。

直後、

「ぎゃあー」

という悲鳴に続き人が階段を転げ落ちていくらしい音が聞こえてきた。

「効き目早かったですね」

翔太が言い、

「ああ、あと何回か同じことしなきゃと思ってたんだけどね……」

と応じた草間は廊下に出て階段の上の小川に隠れるように手で指示し、階段下の踊り場に倒れている鈴木に近づいた。

「大丈夫ですか」

助け起こして、いやいやするのを無視して森野企画に連れ戻る。

椅子に座らせた鈴木を取り囲み、

「救急車呼びますか？」

「骨折はしてないみたい」

と声をかけるが、本人はすぐにこの場から去りたいらしく、ジタバタと立とうとしては、

「まあまあ座って」

と戻される。

「これ飲んで落ち着いてください」

凜華がコップの水を差しだすと、一気に飲もうとして鈴木は二度むせた。

「もしかして、専務も見ました？」

凜華の問いかけに、高速で何度も頷（うなず）いた後、

「あ、あれは、小川剛士だ」

鈴木は断言した。

「な、なんでわかった？」

森野が低い声で問い詰める。

「お、おめえは、あ、兄貴と、あ、会ったことねえよな？」

森野の傷痕（きずあと）の下の目が光を放った。幽霊とは別の恐怖に鈴木の口から「ヒ」という音が漏れた。グッと鈴木の顔に迫っていた森野がスッと身を引いた瞬間、

「ぎゃあー」

鈴木が悲鳴を上げ、

「もう、うるさい」

凜華を怒らせた。

「わあ、ああ、おう、$%#@¥」

意味不明な叫びを発しながら鈴木が指さす方を全員で見る。そこには白いスーツの小川が立っていた。オールバックにしただけでこんなに印象が変わるものかね、などと思いながら鈴木の方に振り向き全員で、

「何？」

と問いかければ、ここでやっと鈴木は意味のある言葉を発した。

「ゆ、幽霊」

もう一度指さされている小川を見た後で、

「見えません」

とここは正直に伝える。だって、幽霊なんていないもの。

鈴木の悲鳴はさらに大きくなった。小川が近づいてきたのだ。小川は鈴木を宥めている四人の背後から一言発した。

「自首しろ」

森野と吉良老人によればタカ坊はお父さんに声も似ているそうだ。

鈴木はここで気絶した。

やはり人を殺してしまったことについてはずっと気に病むものなのだろう。という
ことは鈴木にも一片の良心が残っているのかもしれない。

意識のない鈴木を見下ろして、

「こいつで間違いないっすね」

そう言う小川の目が悲しげだ。仇を見つけた喜びは感じられなかった。

しばらくして意識を取り戻した鈴木を草間と翔太で自宅に送り届けた。

その帰り道。

「これは時間の問題ですね」

翔太は確信している。

「そうだね」

草間も異論はない。もう一息で鈴木は真実を語るだろう。

だが、森野には五億円の保険が掛けられた。次は向こうがどういう手を打ってくる
かだ。

マニラ

翔太のハッキングから得られた情報によると、あれから鈴木はかなり弱っているら

しい。富高興業に出社しても使い物にならず、メールのやりとりから富高と辻谷のイラついてきているのが察せられた。メールの内容からすると、どうやら元々、鈴木は小心な男だと富高と辻谷は見ていたようだ。つまり、あの三十年前の雨の夜以来、鈴木はずっと時限爆弾ではあったのだ。

小川剛士を襲った実行犯が鈴木なのは、まず間違いない。単独犯ではないにしても、実行犯のうちの一人であったことは確かだろう。富高興業で鈴木が優遇されていたのは、口封じの手段の一つだったのかもしれない。

鈴木が真実を吐露する可能性を富高たちが察知する前に、決着をつける必要がありそうだ。

江戸前保険と契約して一週間後、辻谷が森野企画にやってきた。

「タケの供養にマニラに行くんだが、一緒に行かないか？」

という誘いだ。

マニラ郊外のショッピングモールの事業に田村貿易を絡ませたのは辻谷だ。田村社長がマニラに行く際には辻谷がいつも一緒だった。田村社長が強盗に襲われたとき、辻谷は所用で先に帰国していた。この事実を知ったときには、

「わかりやすい話ですね」

と翔太が呆れた。世慣れていない彼にもすぐに見抜ける単純なからくりだ。実行犯は別にいるにしても、念を入れて自分のアリバイをはっきりさせたかったとしか思えない。

それが成功したので、味をしめたのだろう。同じ手口を用いるつもりではないか。

「オープンしたばかりのモールは『ダウンタウンモール』ってんだがな、完成したものの、まだ土地には余裕がある。フィリピンに進出したい企業があればさらに拡大するつもりだ。で、森野企画にその勧誘に一役買ってもらいたい。つまり仕事としての側面もあるから出張ってことで行こう」

辻谷の言うことは、一々もっともらしい。仕事だから、と草間も同行するように言われた。願ってもない話だ。森野社長一人で行かせるわけにはいかない。

辻谷が帰った。

「草間も狙われているんじゃないのか？」

とは中野の推理だ。

これは頷ける。社員の中で家族がいないのは草間だけだ。富高興業での面接の際、それを二度確かめられたことを草間は思い出した。何かあっても、会社の責任を問う家族がいないのは都合がいいのだろう。

「マニラに行くんですか？」

不安そうに眉（まゆ）を寄せた凜華が森野に尋ねた。

「い、行く」

この決意を草間は予想していた。虎穴に入らずんば虎子（こじ）を得ず、だ。

「草間さんも？」

「もちろん」

一人にならない、という約束は森野に守ってもらわねばならない。

「大丈夫？」

凜華の表情がさらに曇る。

「俺も行くよ」

中野が言い出した。

「それはどうだろう？　警戒されるんじゃないか？」

草間は辻谷の言う通りに動く方が得策に思えた。今回の目的は田村社長殺害事件の真相に迫ることだ。そのためには、一度完全にやつらの罠（わな）にハマってみせる必要がありそうだ。

「だから、俺は別行動でさ。俺は辻谷と顔を合わせないようにする。辻谷の動きも俺が探れるかもしれんし」

ニノイ・アキノ国際空港には通訳のラモスが迎えに来ていた。人懐っこい笑顔が印象的な男だ。少し話して、草間と同じ年齢だとわかった。彼がいれば英語とタガログ語を日本語に訳してもらえる。

辻谷はいつも彼に通訳を頼んでいるそうだが、ラモスは辻谷にはひどく気を遣っている。そばにいて緊張感が伝わってくるのだ。

それがヤクザの性格なのか、辻谷は周囲を緊張させることで自分の「貫禄（かんろく）」を確認しているようだ。羽田（はねだ）からの機内でも、CAに対してどこか横柄な態度だった。

その点、森野はその外見は恐れられる要素満載だが、誰に対しても威圧的な態度に出ることはない。

ホテルにチェックインする前にオープンしたばかりの「ダウンタウンモール」へ向かう。途中タクシーの中からいくつか別のショッピングモールを目にしたが、どれもゴージャスな雰囲気のものだった。それに対して到着した「ダウンタウンモール」はグッと庶民的だ。建物自体、貨物用のコンテナを改造して各店舗にしてある。なるほど安上がりだし、辻谷の言っていたように、これからいくらでも拡張できる。

場所もマニラのオフィス街やリッチな住宅街からは少し外れている。スラムとまでは呼べないものの、庶民の暮らす地域らしい。

辻谷の代わりにラモスがこのモールの説明をしてくれた。

最初にこのモールのアイデアを出したのは富高興業ではなく、ある商社を退職した人物だったらしい。コンテナを利用した造りもその人物のアイデアで、全体の設計は彼の弟が担当したようだ。富高興業はそれに出資し、他の出資者と出店する企業を募った。そこまでは健全なビジネスだ。健全な分、富高や辻谷が満足するほどの収益はすぐに上がるはずはない。地道で堅実なビジネスだと思える。

店舗を見て回っても、並んでいる商品に高級感はない。ファッションに関していえば手頃な値段のジーンズショップなどが並び、フードコートでは庶民の味が人気を集めている。日本の感覚で言えば寿司(すし)やステーキの店ではなく、たこ焼きや焼きそばの屋台が集まっている感じだ。

(いいじゃないか)

それが草間の率直な感想だ。第一、店を見て回っている人々が楽しそうに見える。この場所に来て緊張していないことが伝わるのだ。ときには高級品ばかりが並ぶ老舗(しにせ)デパートで気合いを入れて大枚をはたく買い物もいいが、日常的に訪れるなら身の丈に合った店がリラックスできていい。

そんな感想を口にすると、

「そうなんですよ。できたばかりですけど、ここの評判はいいです」

ラモスは自分のことのように得意げな口調で応じた。

「この国は、元々『百家族』と呼ばれる一部の金持ちが富を独占した歴史があって、今も貧富の差はひどいです。でも、ここはちょうどいい感じ」

「ちょうどいい？」

「はい、お金持ちだけ相手にしているわけではなく、それでも貧乏臭くない」

ラモスは、この国の一番多い層の需要に応じていると言いたいらしい。

一通り見て回った後、ホテルに向かった。宿泊先の「スファラディホテル」はマニラでも一、二を争う高級ホテルだと聞いた。こういうところを選ぶのも辻谷の見栄っ張りで貧しい精神が表われている気がする。

夕食後、辻谷に飲みに行こうと誘われたが、森野は田村社長の慰霊の意味もある旅なので、飲む気になれないと断った。草間は今日見学した「ダウンタウンモール」のことをまとめておきたい、と言って一旦部屋に戻り、すぐに森野の部屋に行った。

明日は午前中また「ダウンタウンモール」に行き、午後に田村社長が強盗に遭った場所に案内してもらうことになっている。

「明日、襲われるのでしょうか？」

草間は森野の見解を尋ねた。

「た、たぶん」

そこにノックの音がした。三回、間を置いて二回。中野だ。ドアを開けると、入っ

て来るなり、

「明日の午後の便で辻谷は日本に帰ります」

中野は森野に報告した。東京で富高と辻谷のメールのやりとりをチェックしている翔太からの情報だ。辻谷は明日の午前中になって東京で急用ができたと言い出し、午後の早い便で帰国する手はずを整えているらしい。

「やはり明日決行する気ですね」

口に出した自分の言葉で草間の緊張感は高まった。

「現れるのは田村社長を襲ったのと同じ殺し屋でしょうか？」

草間の問いに森野は頷（うなず）いた。

「目撃者の話では二人組の若者でしたね」

「そ、それは、ウ、ウソだ」

「ウソ？」

「ああ、も、目撃者、は、だ、誰だ？」

「さあ、誰でしょう？」

「ラ、ラモスだ」

そうだ、それ以外にいない。辻谷が帰国した後、田村社長についていたのはラモスしかいない。

「そうか」

　中野が素っ頓狂な声を上げた。

「草間、ラモスはすべて知ってる。殺し屋を雇うにしたって、ラモスを通じてでないと辻谷は交渉できるはずないからな」

　完全に納得できる話だ。しかし、あの人の好いラモスがそんな裏切りを、そう思うと胸の中がむかむかしてくる。

「今日、マニラ警察に行って話してきました」

　別行動だった中野は、警察に協力を要請したらしい。犯人を捕まえたらすぐに警察に知らせるから、田村社長殺害犯であることを確かめてほしいという要請だ。

「金も渡しました」

　マニラの警察の名誉のために言えば、本来金は必要ないのだが、彼らも忙しい。ここは少しでも早い解決が望ましいのだ。

　翌日の朝食の席でさっそく、

「実は東京で急に用事ができてな。どうしても俺が出向くしかないんだ」

　と辻谷が切り出した。

「午後の便で俺は帰る。あとはラモスが案内するから、二人は予定通りに明日の便で帰るといい。すまねえな」

辻谷は「ダウンタウンモール」には一緒に来て、もっともらしく森野企画での仕事の話をした後、一人で空港に向かった。

昼食もモール内で済ませて、いよいよ田村社長が襲われた場所に案内してもらうことになった。

「社長、これを」

ラモスは現場に供える花束を用意していた。受け取った森野が草間にそれを渡そうとすると、

「あ、草間さんの分もあります」

ラモスは草間にも花束を持たせようとした。

「いや、社長の分も合わせて現場までわたしが持ちます」

草間の言葉にラモスは一瞬戸惑ったが、

「そうですか」

ここは素直に引き下がり、花束を入れていた紙袋ごと手渡してくれた。

草間は森野と目を合わせた。予想通りだ。この花束はターゲットの目印だろう。

連れていかれたのは海岸沿いの街だった。モールの周囲は庶民的な地域だったが、ここはさらに貧しい地域と感じられた。

小さなバラックのような家々が並ぶ道を抜けて、コンクリートの堤防の上の道を進む。

「もう少し先です」

言いながら先に進もうとするラモスに追いつき真横に並ぶ。

「ラモスは田村社長を撃った犯人を見たんだよね？」

「ああ、そう見ました」

「どんなヤツだった？」

「ああ、若い男ね。二十歳ぐらいの二人組」

周囲に誰もいない中、堤防に腰かけている中年の男が視界に入った。だんだん近づいていく。ラモスが足を速める。草間もそれに合わせて離れない。

男まで20ｍ。

ラモスの歩く速度は走り出す寸前になっていたが、そのとき森野が追いついてきて二人を止めた。そして、

「は、花」

草間から花束を受け取った。そしてそれを高々と掲げた。

（ターゲットはここだ）

と宣言するように。

森野は歩き出す直前にラモスの肘の辺りを摑んだ。

「社長！」

ラモスは絶叫したが、構わず森野は進んだ。

前方にいる中年の男が立ち上がった。手には拳銃を持っている。それをこちらに向けようとした瞬間、

「ああー」

森野がラモスを前方に突き飛ばした。タガログ語で何事か叫んでいるラモスをかわして男は一発目を撃った。ほとんど空に向けて放った形だ。

一瞬草間は迷った。どちらに逃げ出すべきか判断がつかなかったのだ。

森野は違った。躊躇なくその男に向かってダッシュし、花束を投げつけた。

バン！

乾いた発射音がした。二発目の弾丸が草間のすぐ近くの空気を切り裂いて通過した。

森野は相手を捕まえその体を腰に乗せて投げた。腰車というのだろうか、相撲のすくい投げのように相手の脇に右手を入れ、右腰を相手に密着させて左手は銃を持った相手の右腕を摑んでいた。地面に叩きつけた相手の体に全体重をかける勢いで倒れ込む。そのまま締め技を用いたのか、森野が立ち上がっても相手は横たわったままぴくりとも動かなかった。

草間には別の仕事があった。

「ラモス！」

逃げようとするところを語気荒く呼び止め、

「田村社長もこの男がやったのか？」

厳しく問い詰める。

「大丈夫か？」

尾行していた中野も追いついてきて、ラモスを前後で挟んだ形になった。

怯(おび)え切ったラモスは言葉を発せないまま震えている。

「田村社長のときもこうやったのか？」

ラモスは草間の目をちらりと見て、すぐまた視線を逸(そ)らし横たわっている殺し屋を見た。

「そいつはお前が手配したんだろう？　わかってる、辻谷には逆らえなかったんだろう？　でもラモス、お前だって田村社長の方が好きだったはずだ」

最後の言葉にラモスは再び視線を上げて草間を見た。

その目が悲し気だ。

この男はできる男だ、草間はラモスをそう評価している。能力があるからこそ、貧困で苦しむ地域から這(は)い出ることができたのだ。だが、なまじ貧困の恐ろしさを知っているがために、辻谷のような男に魂を売ってしまった。

「警察を呼ぼう」

中野がスマホを出した。

「ラモス、警察ですべて話してくれ」

草間の口調はふだんのものに戻っていた。

殺し屋を警察に突き出し、翌日帰国の途についた。

機内で今後の動きを相談する。

森野は、富高たちはまだ保険金を諦めないだろう、という。つまり、東京に戻っても危険なのだ。

「どんな手を使ってくるでしょう？」

今の段階では予想がつかない。日本国内では田村社長のときのような大雑把で乱暴な真似はできないだろうが、とにかく手段を選ばない相手だ。油断ならない。

「しかし、田村社長はどうしてまたあんな人目につかない場所に連れていかれたんでしょうね？」

あそこは待ち伏せには実にお誂え向きだった。助けも来なければ目撃者もいないような場所だ。

「お、女だろう」

「女？」

　森野によれば、田村社長はマニラで連れていかれた店の女の子に同情していたらしい。貧しかった実家の妹を見る気分になると言って。そこをつけ込まれたのだろう。その貧乏な家庭にいくらかの金を置いてきたかったのではないか。

「クソ、やつらますます許せませんね」

　草間と中野が憤ると、森野は小さく頷（うなず）いて顔を伏せた。田村社長こと弟分タケを思い出したようだ。

　富高興業には無事帰ったことを知らせた。田村社長殺害犯らしき殺し屋を警察に引き渡したこともだ。

「やつら焦っているでしょうね？」

　小川が愉快そうに言った。

「焦って何をしてくるかわからないぞ」

　中野の警告で、

「あ、そっか、そうですね」

　小川は自分の迂闊（うかつ）さに気づいたようだ。

やられてばかりでいたが、そろそろこちらの番だ。

「や、やる」

森野社長の一言で動き始めた。だが、すぐに富高興業に踏み込むわけではない。ヤクザの殴り込みとは違い、合法的にことは進める。一部法律ギリギリはあるかもしれないが。

森野社長は、まず鈴木を追い詰めて、かつての悪事を白状させると言った。

そして雨を待った。それも土砂降りを。

好天が続いて焦っていたが、ついにその日は来た。

雨雲レーダーで東京に近づく雨を確認して森野企画は盛り上がった。何しろ、ちょうど小川剛士の命日目指して雨雲がやってきているのだ。

「いいよ、いいよ」

「グッドタイミング」

「やっぱりタカ坊のお父さんがついてるんだよ」

誰もがこの偶然を当然のものとして解釈していた。

そしていよいよ決行の日。

「タカ坊、風邪ひかないようにね」

「でもあったかくしちゃダメだよ」

とみんなに声をかけられ、

「わかってます」

これまでよりもさらに気合いの入ったオールバックで小川は鈴木の家に向かった。雨に打たれながら鈴木の帰りを待つためだ。

他のメンバーは「ポンポコ村」で儲かってから買い換えた新車の高級ミニバンで少し離れた場所で待つ。

「この車ほんと快適」

「何か飲む？」

「テレビ観るのはいいけどさ、音量下げないとタカ坊の声聞こえないよ」

などと呑気に構えているところへ、雨音の中かすかに鈴木の悲鳴が聞こえ、それが徐々に大きくなってきた。しばらく待ってヘッドライトを点けてみると、こちらに向かって走って来る鈴木が見えた。その後ろをゆっくり白いスーツの小川が歩いてくる。

「なんかタカ坊はゾンビみたい」

「ゾンビでいいんじゃないの。死んだ人だから」

「ウォーキングデッドだな」

「じゃ、いきますか」

傘をさして車から出る。

小川から逃げてきた鈴木を待ち構え、

「どうしました？　鈴木さん」

声をかけると、車のライトに照らされた鈴木の目には恐怖が走っていた。へたり込みそうになる鈴木を囲んで支える。

「あの日もこんな雨だったそうですね」

草間が声をかけると、鈴木の目から恐怖の色が少しだけ抜けた。ここからはこの男の恐怖の度合いが鍵だ。完全に冷静になられても困るが、ある程度は理性的な判断を求めなければならない。

「自首しましょう。自首といっても時効もあって鈴木さんの刑事責任は問われないと思います。ただ当時の事実関係をはっきりさせて、警察で記録してもらいましょう」

呆然とした表情の鈴木は、判断がつかずに周囲の顔を見回している。

「それに、ほら、これは富高さんと辻谷さんのメールのやりとりです。この文中のSは鈴木さんのことです。ここ、『Sは危ない』『S消去』って、あなた消される寸前なんだ。自首した方が安全です」

翔太がハッキングしたメールを見せるが、今の鈴木に自力で読む余裕はなく、文字を指さしてはお払い箱になる自分の運命を悟らせる。

「ほら、早くしないと小川さんが来るよ」

雨に濡れそぼった小川がゆっくりと向かってきた。腹のあたりを食紅で真っ赤にしてある。小川によれば同じスーツが何着かあるので汚してもいいとのことだった。そのうえ濡れ方がハンパじゃないので迫力がある。鈴木は悲鳴の延長で絶叫した。

「俺がやった。俺が刺したんだ、あいつを」

そのまま泣き崩れる鈴木。

「今の録音できたよね」

「大丈夫」

「さ、正直に話そうね」

「田村社長の件も知ってること話すんだよ」

ワイワイと車に戻るところへ小川が追いついた。雨に打たれた小川の唇が紫色になって震えている。

「タカ坊、早く着替えないと」

凜華が心配するのに、それは後でいいから、と小川は手で制しながら言った。

「しゃべるって？」

「うん」

「その前にこいつ殴っていいかな？」

これには一瞬間ができた。全員の視線が草間に集まる。これは自分が判断するしかない、と草間は腹を括った。

「いいよ。『暴力はいけない』って、こいつの言うことじゃないもの。みんな見るな」

全員顔を背けたところで、

「うっ」

という鈴木の声がしたからタカ坊の怒りの鉄拳が一発炸裂したようだ。

「ごめんね、鈴木ちゃん、誰も見てなかった」

凜華が声をかけたが、鈴木に意識はほぼないようだった。

次に狙われるとすればこの事務所か、森野社長のマンションだが、西新宿のマンションの方はセキュリティーがしっかりしている。

「ここは危ないぞ」

中野は自分が長く借りていたこのビルの方を心配している。

「ずいぶん前のことになるんだけど、四階の会社と間違えて、宅配業者が棚の板をエレベーター側にたてかけてね。その業者が次の荷物を取りに一階まで降りている間に、それが倒れてドアが開かなくなったんだ。薄い板が床に置かれただけなのにドアはビクともしなかった。数分のことだけど、あれはパニックだったたな。ほら、このビルは部屋の奥に非常口がないだろう？　火災用に窓から逃げる避難器具は用意されてるけどね。でも悪意を持って襲う気になれば実に攻めやすい構造だ」

言われてから眺めれば、まさに危険な構造だ。少し前から、そろそろ事務所移転を、という声が上がっていた。この先社員も増えていくだろうから広くて快適なオフィスが望まれてはいるのだ。

「これは引っ越しの件を急ぐべきかもしれませんね」

草間は森野に進言した。


その翌日、森野企画の全員が揃っている午前中にそれは起きた。

エレベーターのドアが開くのは事務所内にいても音でわかる。三階にはこの会社しかないから、エレベーターから降りた人物は必ずドアをノックする。しかしエレベーターのドアが開閉した後でノックはなく、事務所のドアの向こうで何やらゴソゴソする気配があった。

立ち上がった中野がみんなに目配せしてドアに向かった。

無言のままサッとドアを開ける。

「何やってるんだ?!」

中野が怒鳴りつけた。ドアの前に一人の若者が左手にポリタンク、右手にライターを持って立っていた。

「！」

若者はポリタンクを床に叩きつけるように投げ込んできた。灯油の臭いが広がる。
そのときにはこの若者が放火する気でいることを確信し、全員が立ち上がっていた。
火を点けさせまいと近づこうとすると、

「来んな！」

今度はジーンズの後ろのポケットからナイフを出して威嚇してくる。近づく人間に向けてナイフを水平に振り回す。あと数歩進んでライターで着火されたら終わりだ。
そのとき大きな影が突進してきた。

森野だ。

若者の表情に恐怖が浮かぶ。

恐怖が少しだけ残っていた理性を吹き飛ばし、若者の手にするナイフはまっすぐ森野の胸のあたりに向かった。

「危ない！」

「社長！」

社員の絶叫の中、そのナイフを素手で叩き落とし、森野は若者に組み付いた。一瞬だった。森野は右足で相手の足を刈り、後頭部を床に叩きつけた。

締め技の必要はなかった。ノックアウトだ。

「社長、血が」

森野の右手から血が流れていた。ナイフを叩き落とすときに手のひらを少し切ったようだ。

「だ、大丈夫だ。み、みんなはケガないか？」

森野は社員の顔を一人ひとり見て確かめた。

（やっぱり親分だ）

草間は嬉（うれ）しくなった。

凜華が薬箱を持ってきて、森野の手当てをした。幸い出血はすぐに止まったようで、包帯の量も大したものではない。

「放火と来ましたか。奴ら切羽詰まっているようですね」

中野が言うと森野は無言で頷（うなず）いた。

「田村社長のときよりひどいやり方ですね。下手をするとここにいた全員が死んでいましたよ」

放火未遂犯の若者を意識が戻らぬうちに縛り上げた。梱包（こんぽう）用のロープでは頼りないので、足首の辺りは針金で固定した。

「み、みんな、は、離れろ」

森野に言われて社員たちは若者から距離をとった。それを確かめた森野がバケツの水を若者の真上からぶちまける。「プハッ」若者が目を開けた。

「お、目を覚ましたか、この野郎」

中野の口調からは怒りが収まっていない。

「誰に頼まれた？　富高か？　辻谷か？」

若者は返事の代わりにそっぽを向いた。

「君、出原到（いではらいたる）君だよね？」

凜華は若者の財布にあった免許証を見せて確かめるが、これにもそっぽを向く。

「もう、返事くらいしなさいよ」

と憤る凜華の横から進み出た森野が、出原に向けてライターを突き出した。

「うわっ」

部屋にはまだ灯油の臭いが充満している。出原は先ほど自分にかけられた液体が灯油だと早合点したらしく、激しく動揺している。

出原の鼻先にライターを突き付けて無言のままの森野に代わり、

「名前は？　出原到でいいんだよね？」

凜華がもう一度聞く。出原は小刻みに頷いた。それを見た森野が無言で離れる。

「誰もあんたに火なんか点けないよ。だってそんなことしたら火事になるでしょ？

これは水よ」

凛華の言葉に安心したのか、出原は大きく息を吐いた。

「で、誰に頼まれた？」

再び中野が尋ねるが、出原はまた目を逸らす。

「富高か？　辻谷か？　ま、辻谷だよな？」

草間も畳みかけたが、これにも応じる気配はない。どうしたものかと草間と中野が目を合わせたとき、

「辻谷さんです、辻谷さんに頼まれました」

急に出原がしゃべり始めた。それもすごい早口だ。

「一億くれるって言われました。その金でしばらく海外で遊んでろって」

どういうわけだ？　不審に思いながら横を見ると森野がペンチを持って立っていた。出原はペンチで生爪を剝がすなどの拷問を受けると思っているらしい。

「うわー、やめて、何でも言うから、やめて」

おそろしく高い声で訴える出原をしり目に森野はしゃがみこんだ。

「あー、勘弁してくれえ」

さらに騒ぐ出原だったが、森野はその足首に巻かれていた針金をペンチで切って解放してやった。

「？」

きょとんとする出原に、

「そんなね、爪剝いだり、骨砕いたりなんてことはうちの社長がするわけないでしょ」

凜華は冷静に諭すと、翔太に手伝わせて出原を椅子に腰かけさせる。

「で、辻谷にここに火を点けるように言われたわけね？　ね、そんなことしたらどうなると思ってたの？　人が死ぬようなことになるとは思わなかった？」

ここでも黙る出原だが、先ほどまでの頑な態度ではなく、ことの重大さに気づいて考え込んだ様子だ。

「辻谷にどう言われたか教えろ」

中野が問いただす。出原は辻谷との会話を思い出すためか、視線を宙に浮かせた。

「事務所の中に油を撒いて火を点けて、すぐにドアを閉めろ。それだけだ。あとのことは心配するな。この金でしばらく海外に飛んで遊んでろ。帰ってきたら全額渡す。一億だ」

どうやらそう言われたらしい。

「それで、中に人がいるとは聞かされてたのか？」

草間が確かめると、出原は無言で頷いた。

「一億だって？　バカだな、それを信じたのか？　どうして信じるんだ？　人を殺しても平気なやつは約束破るのも平気だろう？　なんならここが燃えて、この場でお前に死んでもらっても構わなかったというか、やつにとっては一石二鳥って話だったろうよ」

中野に言われて思い当たったのか、出原は顔をしかめて俯いた。

「やつら、また自分の手を汚さずに人を殺すつもりだった」

中野が憤ると森野は無言で頷いていた。

「ここにいる全員が死んでも構わないと思ってたんですね」

続けた草間の発言に、ここでも無言で頷くかと思われた森野が口を開いた。

「許せねえ。殴り込みだ！」

吃音が出ていない。本気だ。その声を耳にして社員全員のテンションは上がった。

「やりましょう」

「やつらただじゃおかないぜ」

「わたしたちを舐めるんじゃないよ」

翔太が何かを探し始めた。

「社長、何を持っていけばいいですか？」

一瞬クエスチョンマークが翔太以外の全員の顔に浮かんだ。その顔に向けて翔太が応じる。

「ほら、あの、何か武器になるもの」

ああ、そういうこと、とまた無言の答えが返る中、

「暴力はなしだ。みんな手を出すんじゃねえ。そこは俺に任せろ」

頼もしい。やっぱり親分だ。

殴り込み

「富高興業」の事務所は新宿にある。
そこまで車で乗り込む。悪事の片棒をかついだ証人である出原も、三列目のシート
に放り込んで連れて行った。
すでに警察では鈴木が富高興業の悪事を白状している。何しろハッカー翔太の揃え
た証拠つきだから取り調べはスムーズだろう。逆に急がないと富高と辻谷の逮捕の方
が先になってしまう。
「あの、アポイントは?」
と呑気（のんき）に尋ねる受付嬢を無視して奥に進む。正体はヤクザでも富高興業は堅気の社
員が大半を占める。だが、社長室前には秘書という名の富高の舎弟がいて、
「なんだおめえら」
とスーツに似合わぬ口調で問い質（ただ）してくるところを、森野がアッと言う間に締め落

として放り出した。

「この人どうしますか？」

泡を吹いて気絶しているのを気にする翔太に、

「ほっとけ」

一言答えて森野が社長室のドアを開け、全員その後に続く。中には富高と辻谷が雁首を揃えていた。

「なんだ？　石松」

大きなデスクの向こう側で横柄な態度をとる富高に、

「こいつはどういうことだ？」

出原を突き出して森野が詰め寄る。その迫力と淀みない口調に怯み、富高は一瞬返答できなかった。ソファから立ち上がって富高のそばに移動した辻谷が、

「何のつもりだ、石松。こんな若造知らねえぞ」

そう開き直るところを、

「何を眠たいこと言ってやがる。この出原は全部ゲロしたぜ。おう、随分とご丁寧なご挨拶だな、全員揃っているところを焼き討ちかい。危ねえとこだったぜ。おう、出原、おめえいくつだ？」

「え、あ、う」

このテンポについて行けずに口ごもる出原の代わりに、

「三十一よね？」

凛華が答えて、出原は、

「あうあう」

と頷いた。

「三十一か、若えなあ。なんでえ、この先長いのに、一億たあ、安く売ったな。おめえの人生の先のこたあ、この石松が悪いようにはしねえ。だから警察にも検察にも正直に吐くんだぜ、こいつらの悪事をな」

正に立て板に水、いつもの吃音がウソのように心地よいテンポで痛快な言葉が迸る。

ここでノックの音と続けてドアの開く音がして、

「お、おう、来たか」

辻谷がホッとしたような表情を見せた。

入ってきたスーツ姿の富高の舎弟は、異様な空気に気圧されながらも、

「あ、石松の叔父貴、今日はどういうご用件で？」

不審なのだろうが、礼を失わずに話しかけてくる。

「いや、どうもこうもねえ……」

辻谷が説明しようとする前に森野はその舎弟の首に手をかけオトしてしまった。本

当に三秒とかからない。

「堀部(ほりべ)！」

富高と辻谷が同時に叫ぶ。

「縛れ」

森野に命じられ、中野が結束バンドで失神している堀部の手首と足首を縛る。

「おめえら、ただですむと思うなよ」

辻谷は森野でなく草間たち社員を脅しにかかった。

「うるさいヤクザ！　日陰の身らしく道の端を歩かんかい！」

中野が言い返し、

「何を！」

目をむいた辻谷が一歩踏み出すところに、後ろの列からオールバックで白のスーツの小川が姿を現す。

「で、出た！」

辻谷の声が裏返っている。どこにいっても態度のでかかった辻谷だが、根は小心なのがその声でわかる。その胸倉を掴(つか)み、

「やっぱりお前の差し金かあ、よくもやってくれたなあ」

殺された父親そっくりだという声で迫る姿が迫力満点だ。

「辻谷、しっかりしろ」

富高の声は辻谷には聞こえていないようで、逃げ惑って森野の前まで来たところで、これも三秒でオトされる。

ちょっと静かになった。

森野は倒れている辻谷と堀部の身体検査をするよう促した。堀部の懐から拳銃が出てきた。それを確認した森野は堀部の横隔膜の辺りを蹴飛ばした。

「う、うう」

堀部が覚醒し、すぐに自分が縛られていることに気づく。

「お、叔父貴?」

「おう堀部、悪いことしたな」

「……あれ、叔父貴いつもと違いますね」

「どこが?」

「いえ、その」

「ドモんないってか?」

「ああ、はい」

「どういうわけか喧嘩になるとこうなんだ。堀部、こいつらの悪事をおめえは知ってたか?」

「あ、悪事？」

「なんだ、一番でけえのは田村のタケを殺させたことだな」

「知らないです。フィリピンで強盗に襲われたんじゃ？」

「知らなきゃいいんだ。田村貿易でヤクを捌いてたのは？」

「それは知ってました」

「わかった。悪いがおめえもおツトメしてこい。なーに、この銃刀法違反と、あとはこいつらの悪事の下働きでのションベン刑だ。おめえ、娘がいたな？」

「はい」

「今いくつだ？」

「小四です」

「お、だったら嫁入りまでには間に合わあ。真面目にツトメて出てきたら、俺のところで働け。嫌か？」

「いえ、いいんすか？」

「おう、おめえなら大歓迎だ。すまねえが、こいつの縛め解いてやってくれ」

凜華が結束バンドをハサミで切ってやった。立ち上がった堀部が森野に頭を下げる。

「叔父貴、ありがとうございます。おかげで目が覚めました」

「そりゃあ、おめえがちゃんとした人間だからだ」

「いえ……それで、あの、俺は前から叔父貴に憧れてました」

「よせやい、照れるじゃねえか、でも、ありがとよ。さ、もうすぐサツのお出ましだ。今のうちに家族に電話しとくといいぜ」

「はい」

堀部が部屋を出た。

「というわけで、もうおめえの味方はいねえな。辻谷もまだ起こさねえでおこう」

「石松、おめえ、親に向かって何しやがる」

「へ、俺にとっちゃあ、親分は吉良英久ただ一人だ。おめえも辻谷も親でも兄弟分でもあるもんか、盃は返すぜ。こっからは株主総会だ。草間さん、頼むよ」

ここは細かい打ち合わせをしていなかったものの、

「はい、では富高興業の株主総会を始めます」

草間はすぐ応じた。

「議長、動議！」

「はい、中野さん」

ここは中野も阿吽の呼吸を見せる。

「富高代表取締役の解任を動議します」

一瞬唖然とした富高は、

「な、何のつもりだ！」

顔を真っ赤にして怒鳴りつけてくる。

「あ、ご存じないとは思いますが、我々この会社の株主なんで」

草間は冷静に説明した。

「は？」

「ここにいる全員で八割の株式を保有しています。で、富高氏の解任に賛成の方？……

…全員ですね」

「な、なんでえ、ガキの遊びじゃねえんだぞ」

「遊びじゃないです。っていうか、こんなことしなくてもあなたと辻谷氏の解任は免れません。もうすぐ殺人教唆で逮捕されますからね」

聞いている富高の額からドッと汗が噴き出してきた。顔は青ざめ呼吸が荒い。

森野は横たわっている辻谷を蹴っ飛ばして起こした。

「おう、おめえら二人ずいぶん欲をかいたもんだな。何億貯め込んだか知らねえが、全部吐き出してもらうぜ。特にタケの保険金は、殺人教唆が立証されれば保険会社に戻るんだろうが、同じ額をやつの妹に渡す。おめえらにはびた一文残さねえからな。これから二人して仲良く長え（なげ）おツトメだ。おっと、鈴木も一緒だったな。だが、やつは散々しゃべってっからなあ、おめえらよりは情状がいいんじゃねえか。言っとくけどな、出てくるときにゃあ、高い塀の前でのお出迎えもなしだぜ。そりゃそうだろ、金のために兄弟分を殺すようなやつは渡世人の風上にもおけねえ。ムショの中にもその情報は流させてもらうからな、誰も味方はいないと思いねえ。だがな、これでも優しいこった。本来なら、このタカ坊の親の仇で、その首二つ並べて墓前に供えなきゃならねえとこだ。その汚ねえ頭が胴体に乗ってるだけでも感謝しな」

言い終わった森野がソファにどっかり腰を落とすと、凜華が拍手し、他の者も続いた。中野が、

「よ、石松親分、日本一！」

と声をかけ「よせやい」と森野が右手でものを投げるような動作をした。

そこへ警察が逮捕状を持ってやってきた。ついでというのもおかしいが、出原を使った放火未遂事件も申告する。

「そういうのすぐに１１０番しないと」

と刑事に言われ、

「すみません」

草間が代表して頭を下げた。

手錠をかけられ、富高、辻谷、堀部、出原が連行されていく。

この騒ぎを富高興業の社員が不安そうに見ていた。おそらく仕事どころではなかっ

たろう。

草間は社員全員を集め、まず事情を説明し、

「何か違法な仕事に携わっていたなら今のうちに申し出るように」

と言った。

「あの、自分は直接関わっていないですけど……」

これまで富高興業がやっていた悪事の手口を証言する者が次々と現れる。

「これからこの会社は生まれ変わります。引き続き一緒に働こうという方はそのままお願いします。待遇については改善するつもりでおります」

草間のこの言葉は富高興業だけでなく、田村貿易他、傘下の会社全部に伝えられた。

エピローグ

あのあとすぐ富高興業はストンパインに吸収された。

それから十年。

富高、辻谷、鈴木の三人は刑務所に入ったままだ。出てくるときには八十代、富高に至っては九十代だろう。フィリピンでは、田村社長銃撃事件の実行犯も収監されている。

森野企画は中野企画に戻り、中野は社長に返り咲いたが、同時にストンパインの役員でもある。ストンパインの役員報酬は大きいから、中野企画の仕事がなくとも生活は成り立つ。しかし彼は、

「自分の原点だ」

と中野企画とその仕事を愛している。ゴルフはやめたままだ。

富高興業に乗り込んで悪人どもをやっつけてから、ほどなくして「寮生」小川剛明と藤井翔太は草間邸を出ていった。ストンパインの役員となった二人の報酬は大きなものだから当たり前だ。いつまでも森野社長に家賃を払ってもらっている場合ではないだろう。

小川は新宿のタワーマンションの一室を購入し、北九州から母親を呼び寄せた。ホスト時代に女性不信に陥るような経験もしているらしいので、このまま結婚しないのではないか、と周囲の気を揉ませている。

翔太は育った家の近くに両親のための家を買い、一緒に暮らしている。ストンパインの役員としてゲームの制作にも携わっているが、草間邸での「寮生活」を終えた後、高校生をやり直した。一般教養の重要さに気づいたそうで、二年前には大学を卒業し、卒業時には同級生に就職の世話をして、ストンパインで面接していたものだ。

時々、中学校や高校で講演して、自分の引きこもり体験からゲーム制作で成功するまでを語っている。これは先生にも生徒にも好評だ。

二人の「寮生」が巣立って行ったとき、「寮母」たる凜華も出ていくはずだったが、彼女は残ると言い出した。

「この家が心配で。草間さんには任せられないし、草間さんも心配だし」

と主張したのだ。大きなお世話だ、と草間は思った。収入も急に増したので、家を建て替えるか、新しく買うかと迷っていたところだった。ところが、凜華は、

「わたしと一緒にこの家に住もう」

と言い出し、次に、

「草間さん、わたしに結婚を申し込みなさい」

と驚かせた。

「絶対断らないから」

とも言うので、改めて草間から、

「結婚してください」

とお願いすることになった。

そのときは今一つ納得できないところがあったものの、実際はこちらも出会ったと

きから好きだったかな、と今の草間は思うのだ。

とにかく草間の人生は厄年を過ぎたあたりから急激に変貌（へんぼう）した。が、このようないきさつで結局そのまま父親の残してくれた家に住んでいる。結婚したとき、草間にとっての親分森野社長と、そのまた親分吉良老人は大喜びしてくれた。

結婚して三年目の冬、吉良元親分は亡くなった。ヤクザの親分だったとはいえ、きっとその両親と戦死した二人の兄が待つ天国に行っていると思う。思えば、天涯孤独の身は吉良老人と草間の大きな共通点で、そこが心通ずる部分だったのかもしれない。

吉良老人が亡くなってすぐ生まれた長男を、草間夫婦は「英行（ひでゆき）」と名付けた。彼にとっての曾祖父（そうそふ）から一字、それに森野社長からの一字、と親分子分の名前を繋（つな）げた名前だ。

祖父への扱いがぞんざいに見えた凜華だが、実は心の底から吉良老人を慕っていたようで、息子が彼の曾祖父と同じく「ヒデ」という愛称で呼ばれることを望んだ。この希望は叶（かな）い、英行は大人からも同年代の友だちからも「ヒデちゃん」と呼ばれている。

石松こと森野社長は、会社が大きくなるにつれて温和に見えるようになった。

森野が最後に吉良元親分の見舞いに行ったとき、

「ありがとうよ、石松……おめえは日本一の子分だ」

と言ってもらえた。それは何よりの誉め言葉であり、森野は身に余ると泣いた。日本一の子分になれたから日本一の親分を目指す、といった内容の話を草間は森野から聞いた。森野社長が常に部下に寛容なのは、その言葉を実践しているからだろう。

今はお手伝いさんを雇う余裕もあるから生活もゆったりしていて、森野は専ら亡き人々の供養に心を砕いている。両親と兄、吉良親分に石川の叔父貴、小川の兄貴にタケこと田村武彦、そして森の石松。草間夫婦は静岡県にある森の石松の墓まで森野社長に同行したことがある。

森野敏行にとっては、お世話になった人々とともに、森の石松も人生の恩人なのだろう。

今でも森の石松に関する本を探しては読んでいるので、ストンパインの社長室の本棚には、森の石松や清水次郎長の本がずらりと並んでいる。

その中には【森の石松が殺された夜】も目立つ位置に置かれている。何しろ人生を変えた一冊だ。

草間の家は建て替えていないが、凜華のおかげで若返る一方だ。いつも小さな庭に花が咲き、家の中も便利に暮らせるよう常に小さな工夫がなされている。

ただ一階の、一時期小川のタカ坊の部屋になっていた六畳間は、掃除だけにしてなるべくいじらないようにお願いしている。読書好きの父が並べたままの位置で本を置いておきたい。いつかすべてを読んで、父と同じ感慨を持ちたい。本を通じて亡き父と繋がるのだ。

だから、あの日見つけたときと同じ場所に【森の石松が殺された夜】はある。

【謝辞】

本作は結城昌治氏『森の石松が殺された夜』（徳間文庫）に構想を得たものです。
このような形で本作を執筆することをご快諾くださったご遺族に、この場を借りて御礼申し上げます。

本書は書き下ろしです。

この作品はフィクションであり、実在の人物・地名・団体等とは一切関係ありません。

森の石松、社長になる

室積 光

令和4年 3月25日　初版発行

発行者●堀内大示

発行●株式会社KADOKAWA
〒102-8177　東京都千代田区富士見2-13-3
電話　0570-002-301(ナビダイヤル)

角川文庫 23087

印刷所●株式会社暁印刷
製本所●本間製本株式会社

表紙画●和田三造

ISBN 978-4-04-105952-4　C0193

◇◇◇

角川文庫発刊に際して

角川源義

第二次世界大戦の敗北は、軍事力の敗北であった以上に、私たちの若い文化力の敗退であった。私たちの文化が戦争に対して如何に無力であり、単なるあだ花に過ぎなかったかを、私たちは身を以て体験し痛感した。西洋近代文化の摂取にとって、明治以後八十年の歳月は決して短かすぎたとは言えない。にもかかわらず、近代文化の伝統を確立し、自由な批判と柔軟な良識に富む文化層として自らを形成することに私たちは失敗して来た。そしてこれは、各層への文化の普及滲透を任務とする出版人の責任でもあった。

一九四五年以来、私たちは再び振出しに戻り、第一歩から踏み出すことを余儀なくされた。これは大きな不幸ではあるが、反面、これまでの混沌・未熟・歪曲の中にあった我が国の文化に秩序と確たる基礎を齎らすためには絶好の機会でもある。角川書店は、このような祖国の文化的危機にあたり、微力をも顧みず再建の礎石たるべき抱負と決意とをもって出発したが、ここに創立以来の念願を果すべく角川文庫を発刊する。これまで刊行されたあらゆる全集叢書文庫類の長所と短所とを検討し、古今東西の不朽の典籍を、良心的編集のもとに、廉価に、そして書架にふさわしい美本として、多くのひとびとに提供しようとする。しかし私たちは徒らに百科全書的な知識のジレッタントを作ることを目的とせず、あくまで祖国の文化に秩序と再建への道を示し、この文庫を角川書店の栄ある事業として、今後永久に継続発展せしめ、学芸と教養との殿堂として大成せんことを期したい。多くの読書子の愛情ある忠言と支持とによって、この希望と抱負とを完遂せしめられんことを願う。

一九四九年五月三日